AF373186

Walther Kabel

Die Mumie der Königin Semenostris

e-artnow 2018

Arthur Conan Doyle
Das Zeichen der Vier

Matthias Blank
Der Mord im Ballsaal

Friedrich Glauser
Wachtmeister Studer

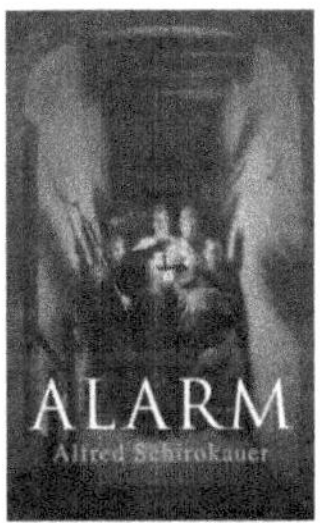

Alfred Schirokauer
Alarm

Arthur Conan Doyle
Die Rückkehr des Sherlock Holmes

Walther Kabel

Die Mumie der Königin Semenostris

e-artnow, 2018
Kontakt: info@e-artnow.org
ISBN 978-80-268-8904-5

Inhaltsverzeichnis

Vorwort

Im alten Ägypten bestand zu einer Zeit, die weit vor dem Beginn der heutigen Zeitrechnung liegt, der Brauch, daß die Leichen der Angehörigen aus dem Königshause der Pharaonen, sowie die der Oberpriester und Vornehmen des Landes einbalsamiert wurden, um die Körper vor der Verwesung zu schützen und die Gesichtszüge gut zu erhalten. Die Einbalsamierer, die diese Prozedur vornahmen, bildeten eine besondere Kaste und hielten die Geheimnisse ihrer Kunst – denn eine solche war diese Art Leichenkonservierung tatsächlich – streng geheim. In den Pyramiden am Nil und in der Gräberstadt von Memphis hat man eine ganze Anzahl derartiger Mumien, Leichen, die infolge sachgemäßer Behandlung die Jahrtausende überdauert hatten, gefunden. Die schönsten und besterhaltenen von ihnen wurden, oft für Unsummen, an Museen aller Länder verkauft. Der heutzutage so hochentwickelten medizinischen Wissenschaft ist es indes nicht gelungen, die Mittel zu entdecken, mit denen die Ägypter die Leichen so vortrefflich vor der Verwesung zu schützen wußten. Die meisten Versuche, die man in dieser Richtung anstellte, schlugen fehl.

Über Ägypten herrschte nun um das Jahr 2400 v. Christus die jungfräuliche Königin Semenostris, die Tochter des Königs Mereure aus der sechsten Dynastie. Alte Hieroglyphen und Bilderschriften besagen über Semenostris folgendes:

Sie war schön wie der aufgehende Tag. Ihre Nase, leicht gebogen und schmal, wetteiferte in der edlen Form mit dem zierlichen Lippenpaar und den Augen, die dunkel und feurig wie schwarze Edelsteine schienen. Eine hohe Stirn, die von Geist und Charakter zeugte, war gekrönt von einer Fülle glänzenden, dunklen Haares. Ihr Gang, schwebend und leicht gleich dem der windschnellen Gazelle, drückte das Selbstbewußtsein und die Würde der geborenen Herrscherin aus. Die Haltung ihres edelgeformten Körpers war ohne Stolz und doch von jener vornehmen Ruhe, die nie angelernt werden kann. Das größte Wunder an dieser einzigen Königin bildeten ihre Hände – schmal und fein, wie nur der Kunstsinn eines großen Bildhauers oder aber eine gütige Laune der Natur sie zu schaffen vermag. –

Und doch zehrte an Semenostris Lebensmark eine heimtückische Krankheit. Im vierten Jahre ihrer Regierung begann sie schnell dahinzusiechen, ihre bis dahin zart geröteten Wangen nahmen die Farbe des Elfenbeins an, und an einem Morgen starb sie in den Armen dessen, den sie sich zum Gemahl erkoren und der sie dann nur eine kurze Spanne Zeit überlebte.

Ihr schöner Körper wurde den geschickten Händen der Einbalsamierer anvertraut und soll von diesen durch allerlei Künste zu nochmaligem kurzem Leben erweckt und später einbalsamiert worden sein. Semenostris ward in der zweiten Pyramiden von Gizeh unter großen Feierlichkeiten beigesetzt.

Soweit die Hieroglyphen. Vergebens hat man lange Zeit nach der Mumie der Semenostris gesucht. Nachgrabungen wurden angestellt, die Unsummen verschlangen. Wollte man doch gerade diese Mumie an das Tageslicht schaffen, da die Gelehrten hofften, daß man in ihr dann eine der überaus seltenen Tophar-Mumien besitzen würde, von denen bisher nur drei gefunden sind.

Die Tophar-Mumien sind nämlich ein Denkmal eines der grauenhaftesten Gebräuche, die die Weltgeschichte kennt. Wie in Indien sich noch heute trotz aller Verbote der englischen Regierung die Witwen eingeborener Fürsten zugleich mit der Leiche des Gatten auf einem Scheiterhaufen lebend verbrennen lassen, so galt es in Ägypten als ein Zeichen der allerhöchsten Treue, wenn sich die Witwe – lebend! – einbalsamieren und dann neben dem Gemahl bestatten ließ. Die Tophar-Bräute, wie die ägyptischen Dichter solche Frauen, die sich freiwillig solcher Prozedur unterwarfen, poetisch benannten, wurden unter feierlichen Zeremonien in das Haus der Einbalsamierer geleitet und von diesen hauptsächlich durch Einspritzen besonderer Flüssigkeiten in die Adern langsam zur Tophar-Mumie umgewandelt, ein Verfahren, bei dem die Leiche nicht wie bei den anderen Mumien vertrocknete, sondern frisch wie im Leben blieb und auch ihre natürliche Farbe bewahrte.

Der Schriftsteller Herodot, der Vater der Geschichte, gibt in seinen Schriften die Methode, wie die Tophar-Bräute vom Leben zum Tode geführt wurden, nur höchst unvollkommen an.

Immerhin kann man aus diesen Andeutungen die Hauptsachen dieses Verfahrens, welches einen der eigentümlichsten Gebräuche uralter Volkssitten darstellt, entnehmen.

Die Gelehrten sind nun infolge weiterer Hieroglyphen-Inschrift zu der Überzeugung gelangt, daß die Königin Semenostris, als sie ihren Tod herannahen fühlte, einen Schlaftrunk genommen und vorher bestimmt hatte, sie wolle, um sich für ihren Geliebten in alter Schönheit zu erhalten, die Tophar-Prozedur an sich vornehmen lassen.

Inwiefern die vorstehenden Ausführungen mit dem in der Jetztzeit spielenden Roman ‚Die Mumie der Königin Semenostris' zusammen hängen, wird der Leser bei einigem Scharfsinn bald ergründen können.

1. Kapitel
Harry Timpsear und Melitta Winkler

„Wahrhaftig, da ist dieser gräßliche Mensch ja schon wieder!"

Melitta Winkler suchte gerade in der Handschuhabteilung des Warenhauses Wertheim einige Paare für sich und ihre Tante Antonie aus, als sie des Fremden ansichtig wurde, der sich nun schon seit zwei Stunden hartnäckig in ihrer Nähe aufhielt und sie mit Blicken musterte, die ihr gründlich mißfielen.

Schnell wandte sie den Kopf nach der andere Seite, nahm den Kassenzettel von der Verkäuferin entgegen und hastete, so gut es bei dem Gedränge möglich war, nach der nächsten Zahlstelle. Dann suchte sie, ihre Pakete sorgsam festhaltend, den Fahrstuhl auf und schlüpfte hinein. Im zweiten Stock stieg sie aus und begab sich zu Fuß über die breite Freitreppe nach dem Erfrischungsraum, um sich dort nach den gehabten Anstrengungen etwas zu stärken

‚Jetzt wird der aufdringliche Mensch mich wohl endlich aus den Augen verloren haben,‘ dachte sie aufatmend, ließ sich einige belegte Brötchen und eine Tasse Kakao geben und setzte sich an einen leeren Tisch, der etwas abseits in der Fensterecke stand.

Mit geringem Appetit begann sie dem bescheidenen Mal, das ihr das versäumte Mittagessen ersetzen sollte, zuzusprechen. Immer deutlicher fühlte sie, wie sehr der Aufenthalt in dem Riesenbau des Kaufhauses mit seinem unaufhörlichen Menschengewoge ihre schwachen Kräfte erschöpft hatte. Des öfteren schloß sie, heimgesucht von einer ohnmachtähnlichen Anwandlung, für einen Moment die Augen und freute sich nur darauf, wenn sie erst im Zuge sitzen und ihrer jetzigen Heimat entgegenfahren würde. Für ihre empfindlichen Nerven war das Getriebe der Riesenstadt Berlin nun einmal nichts. Sie fühlte sich am wohlsten in dem kleinen Städtchen, in dem sie im Hause von Verwandten nach dem Tode ihrer Eltern Zuflucht gefunden hatte, und wo jetzt sicher ein treues Männerherz sie mit heißer Sehnsucht erwartete.

Ein glückliches Lächeln flog über ihr bleiches edelgeformtes Antlitz, in dem ein paar dunkle, lebhafte Augen so deutlich von einem lebensfrohen, feurigen Temperament sprachen.

Doch das Lächeln stiller Seligkeit verschwand urplötzlich wieder. Melitta Winklers Stirn krauste sich leicht vor Unmut und Empörung. Blitzschnell hatte sie den Kopf über ihre Tasse gebeugt. Vielleicht daß der, der eben langsam, wie suchend, durch die Tischreihen schritt, sie nicht bemerkte.

Die Hoffnung war trügerisch gewesen.

Neben ihr erklang eine bescheidene Stimme, die das Deutsche mit dem leichten, scharfen Akzent des Ausländers sprach:

„Gnädiges Fräulein, gestatten Sie, daß ein alter Mann sich einen Augenblick zu Ihnen setzt?"

Melitta schaute auf. Vor ihr stand der Fremde, der sie nun schon die ganze Zeit über hier im Warenhause verfolgt hatte.

Unwillkürlich sah sie mit einem gewissen neugierigen Interesse den Menschen genauer an.

Es war ein älterer, gutgekleideter Herr mit einem rötlichblonden Vollbart, der ein kluges, freundliches Gesicht umrahmte. Hinter den Gläsern einer goldenen Brille verbargen sich zwei Augen, deren Lider halb geschlossen waren und von der Pupille nur einen schmalen Streifen sehen ließen. –

‚Im ganzen eine recht sympathische Erscheinung,‘ dachte das junge Mädchen. Und, verführt von einer leicht zu begreifenden Wißbegierde, aus welchem Grunde der Fremde wohl so viel Teilnahme für sie bezeigte, erwiderte Melitta nicht gerade ablehnenden Tones:

„Es sind zwar noch eine ganze Menge anderer Tische frei; aber wenn Sie durchaus hier Platz nehmen wollen, habe ich nichts dagegen."

Abermals lüftete der Unbekannte den Hut und ließ sich dann, ein leises ‚Danke!' murmelnd, ihr gegenüber auf einem der Hocker nieder.

Das junge Mädchen verzehrte hastig sein letztes Brötchen, fest entschlossen, möglichst schnell aufzubrechen und nach dem Schlesischen Bahnhof zu fahren, von wo in einer Stunde ihr Zug abging.

Inzwischen hatte der Fremde seine Tischgenossin unauffällig nochmals betrachtet. Ein zufriedenes Lächeln huschte um seinen Mund, und seine Augen öffneten sich für einen Moment wie vor Freude zu ihrer ganzen Größe. Es waren seltsame Augen; die Farbe ein unbestimmtes helles Grüngrau, ihr Glanz fast krankhaft, ihr Ausdruck blitzschnell wechselnd – wohl ebenso schnell, wie die Gedanken ihres Besitzers von Empfindung zu Empfindung eilten. Triumph, Grausamkeit, freudige Hoffnung, Ängstlichkeit – alles dies vermochte ein scharfer Beobachter trotz der kurzen Zeit, die die schützenden Lider sie freigaben, darin zu lesen.

Aber Melitta Winkler bemerkte davon nichts. Eifrig gruben sich ihre tadellosen Zähne in das Brötchen. Sie blickte nicht auf. Mochte der Fremde nur da vor ihr sitzen. Er störte sie nicht. Denn Angst brauchte sie doch hier inmitten der zahlreichen Menschen wahrhaftig nicht vor ihm zu haben!

„Gnädiges Fräulein," begann der Unbekannte plötzlich, indem er sich etwas über den Tisch beugte, „ich fürchte fast, daß Sie mein Interesse, welches ich für Ihre Person bezeigte und daß Ihnen kaum entgangen sein dürfte, falsch ausgelegt haben. Bereits als Sie mir soeben gestatteten, an Ihrem Tische hier Platz zu nehmen, wußte ich, daß ich mich geirrt, daß eine Ähnlichkeit mich getäuscht hatte. Ich war bis dahin nämlich ungewiß, ob ich nicht in Ihnen eine Newyorker Freundin vor mir sah. Ihr tadelloses Deutsch belehrte mich eines besseren. Die Dame, mit der ich Sie verwechselte, radebrecht das Deutsche nur höchst unvollkommen, während Sie fraglos den Vorzug genießen, Deutschland als Ihr Vaterland bezeichnen zu dürfen!"

Das klang alles so harmlos, so höflich und so zurückhaltend, daß Melitta nicht zögerte, dem Herrn auf diese Erklärung seines sonderbaren Benehmens eine Antwort zu geben.

„Und um dieses festzustellen, sind Sie mir zwei ganze Stunden von Verkaufsstand zu Verkaufsstand gefolgt?" meinte sie mit einem leisem Lächeln.

„Allerdings." entgegnete er ehrlich. „Ich bin ziemlich kurzsichtig und fürchtete, daß mich eine nur entfernte Ähnlichkeit narren könnte, wollte mir auch nicht dort im Gedränge der Käufer Gewißheit verschaffen, wo – "

Er stockte und schaute sie mit einem gewinnenden Lächeln an.

„Kurz und gut," fuhr er dann fort, „Sie sehen, gnädiges Fräulein, ich bin keiner von jenen aufdringlichen Herren, die Abenteuer suchen und irgend einen Vorwand dazu benutzen, um Bekanntschaften zu schließen. Ich habe mich geirrt, und damit ist die Sache erledigt. Trotzdem fühle ich mich verpflichtet, Ihnen dem gesellschaftlichen Brauche gemäß meinen Namen zu nennen."

Er erhob sich halb, verbeugte sich und sagte mit seiner leisen und doch klaren Stimme:

„Doktor Harry Timpsear aus Newyork, Privatgelehrter."

Wie es kam, wußte Melitta nachher selbst nicht zu sagen; aber nach wenigen Minuten befand sie sich bereits in einer angeregten Unterhaltung mit dem Amerikaner, der ihr mit seiner stets gleichbleibenden vornehmen Zurückhaltung und der Situation angemessenen Höflichkeit recht gut gefiel.

Nur eines störte sie etwas: daß Doktor Timpsear hin und wieder aus seinen halb geschlossenen Augen ihr Gesicht und ebenso ihre selten schöngeformten Hände mit Blicken musterte, wie ein Kunstkenner ein Gemälde zu betrachten pflegt – mit kühler Sachlichkeit jede Einzelheiten zerlegend und kritisch mit den übrigen Bestandteilen vergleichend.

So verstrich ihr eine halbe Stunde wie im Fluge. Von allem möglichen hatte der weitgereiste Gelehrte ihr erzählt und – es dabei doch verstanden, freilich ohne das die arglose junge Dame etwas merkte, alles das aus ihr durch eingestreute Fragen herauszuholen, was man bei einer so kurzen Bekanntschaft sonst kaum zu erfahren pflegt: ihren Wohnort, ihre Zukunftshoffnungen und anderes mehr.

Jetzt schaute Melitta beinahe erschreckt auf ihre Uhr, sprang auf, raffte ihre Pakete zusammen und verabschiedete sich.

„Ich muß mich sehr beeilen, Herr Doktor. Um halb drei geht mein Zug. Leben Sie wohl."
Freimütig reichte sie ihm die Hand.

„Es war mir eine Freude, mit Ihnen hier einige Zeit plaudern zu dürfen," erklärte Timpsear, indem er ihr ihren Schirm reichte, der zu Boden gefallen war. „Wir werden uns ja nie wiedersehen, gnädiges Fräulein. Trotzdem werde ich stets gern an diese kleine Episode zurückdenken. Alles Gute für die Zukunft!"

Eine freundliche Verbeugung folgte, dann verließ Melitta Winkler das Warenhaus, rief eine Autodroschke herbei und fuhr zum Schlesischen Bahnhof.

Doktor Timpsear aber hatte, kaum daß sie verschwunden war, sein Notizbuch vorgekommen und trug in dasselbe genau alles das ein, was er aus dem jungen Mädchen herausgelockt hatte.

Dann schob er das Büchlein wieder in die Tasche und nickte zufrieden vor sich hin.

„Die zweite!" murmelte er, ganz in seine Gedanken vertieft. „Selbst die Hände, diese entzückenden Hände, sind vorhanden – dies ist die wahre Schönheit – die andere – pah – ein Notbehelf – "

Gleich darauf verließ auch er das riesige Gebäude, fragte auf der Straße einen Schutzmann, wie er am schnellsten nach der Grotiusallee käme, und bestieg dann einen Omnibus, der gerade in nächster Nähe an der Schwelle des Bürgersteiges hielt.

Die Fahrt dauerte gut drei Viertelstunden.

An der Ecke der Grotiusallee, hoch oben im Norden Berlins, hielt der Omnibus, und Doktor Timpsear setzte seinen Weg zu Fuß fort. An einer endlos langen Mauer schritt er entlang, bis er an ein kleines Holzpförtchen gelangte, neben dem ein Schild mit der Aufschrift: ‚Gottfried Häusler, Totengräber' hing. Über dem Schildchen war ein verrosteter Klingelzug sichtbar. Timpsear zog kräftig und wartete. Nach einer geraumen Weile erklangen hinter der Mauer schlurfende Schritte. Die Pforte wurde geöffnet, und ein Mann in erdbeschmutzter Kleidung, mit einem hageren Raubvogelgesicht, begrüßte den Amerikaner wie einen alten Bekannten, aber mit kriechender Unterwürfigkeit. Beide verschwanden dann in einem Häuschen, das mit der Rückwand an der Mauer lehnte und von gärtnerischen Anlagen umgeben war. Die hohe Mauer aber schloß nichts anderes ein, als den Kirchhof der amerikanischen und englischen Kolonie der Reichshauptstadt.

In dem kleinen Vorderzimmer des Häuschen, einem behaglich eingerichteten Raum, hatte Doktor Timpsear auf dem altmodischen Sofa Platz genommen, der Totengräber war vor ihm in abwartender Haltung stehen geblieben.

„Nun Häusler, haben Sie sich die Sache überlegt?" fragte der Amerikaner kurz.

Der Totengräber schaute sich ängstlich um.

„Leise, Herr – sprechen Sie leise. Meine Frau darf nichts von unserem Geschäft ahnen. – Sie ist so ängstlich."

„Wenn Sie schon von ‚Geschäft' sprechen, so muß ich annehmen, daß Sie einverstanden sind," flüsterte Timpsear zurück.

Der Mann nickte eifrig.

„Werde mir doch nicht den schönen Verdienst entgehen lassen!" meinte er schlau lächelnd. „Mein Gehilfe ist eingeweiht und macht mit. Ohne den hätte ich nichts unternehmen können. Ein Mann ist zu wenig für diese Art von – Arbeit."

Der Amerikaner schüttelte unmutig den Kopf.

„War das wirklich nötig? – Ich sagte Ihnen doch, daß die Sache unter uns beiden abgemacht werden sollte! – Ist der Mensch denn zuverlässig?"

„Für den lege ich meine Hand ins Feuer, Herr! Keine Sorge, der verrät nichts!"

Harry Timpsear holte jetzt sein Notizbuch hervor und schaute hinein. Es war die Seite, die er heute bei Wertheim mit allerlei Bemerkungen über Melitta Winkler angelegt hatte.

„Wissen Sie in der Umgebung von Berlin Bescheid, Häusler?" fragte er dann.

Der Totengräber bejahte. „Ich bin geborener Spreeathener," meinte er nicht ohne Stolz.

„Spreeathener?" Der Amerikaner begriff nicht sofort. Erst als Häusler ihm den Ausdruck erklärte, sagte er auflachend:

„Ach so – also Berliner heißt das!" Und fügte schnell hinzu:

„Kennen Sie ein Städtchen namens Buckow in der sogenannten märkischen Schweiz?"

„Freilich. Es ist ja ein beliebter Sonntagsausflugsort. Liegt wunderschön zwischen bewalde-
ten Höhen."

„Wie weit von Berlin entfernt?"

„Anderthalb Stunden Bahnfahrt ungefähr."

„Also bequem zu erreichen?"

„Ja. Allerdings muß man einmal umsteigen."

Timpsear wußte genug und erhob sich.

„Hier haben Sie zehn Mark, Häusler," sagte er zum Abschied leise. „Sie wissen Bescheid,
was ich haben will. Nichts anderes besorgen, als ich es wünsche. Sie hören bald mehr von
mir. Vielleicht brauche ich schon in vierzehn Tagen die erste – Uhr. – Und – Vorsicht in jeder
Beziehung!! Halten Sie sich aufs genaueste an meine Instruktionen! – Adieu!"

2. Kapitel
Der neue Bewohner der Brauer-Burg

Der Bürgermeister von Buckow, Herr Mattias, betrachtete mit einigem Staunen die Karte, die ihm der Bürodiener soeben in sein Amtszimmer gebracht hatte.

„Doktor Harry Timpsear, Newyork," stand darauf.

Was mochte der wollen? Etwa hier ein Sanatorium gründen? – Man hatte doch schon eins am Ort, und zwar ein so tadellos geleitetes, daß ein zweites sich nie würde halten können. – Nun – er würde ja sehen.

Bald saß ihm der Amerikaner gegenüber. Er war ein elegant gekleideter Mann, von ruhiger vornehmer Gelassenheit, mit einem nicht unsympathischen Gesicht.

„Womit kann ich Ihnen dienen, Herr Doktor?" begann der Bürgermeister, nicht ohne Ehrfurcht den Brillantring bewundernd, den der Fremde am linken kleinen Finger trug und der Tausende gekostet haben mußte, falls er – echt war. ‚Denn heutzutage – Edelsteinimitationen – wer kann wissen', dachte Mattias und betrachtete den sprühenden Stein weiter.

„Ich habe die Absicht, mich für einige Zeit hier niederzulassen, falls ich eine passende Wohnung finde. Ich wollte anfragen, ob Sie mir wohl einige Adressen angeben könnten. Ein Freund von mir, der schon längere Zeit in Berlin wohnt und die Umgegend kennt, hat mir Ihr Städtchen wegen seiner schönen Lage empfohlen."

Das war kurz und bündig gesprochen und gefiel dem Bürgermeister, der selbst kein Freund von Weitschweifigkeiten war.

„Wieviel Zimmer wünschen Sie, welche Lage, Garten dabei, mitten in der Stadt oder etwas außerhalb?" fragte Mattias seiner Gewohnheit gemäß im Telegrammstil.

„Wenn möglich, ein allein gelegenes Haus mit Garten", entgegnete der Amerikaner, ohne sich zu besinnen.

Der Bürgermeister dachte eine ganze Weile nach. Dann fiel ihm etwas ein. – Wenn das gelingen würde, könnte sogar der Stadtsäckel noch etwas an dem Fremden verdienen.

Und so sagte er denn höflich:

„Etwa fünfhundert Meter von der Stadt liegt eine alte Brauerei inmitten eines Waldstreifens. Das Haus ist geräumig. Der Brauereibetrieb wurde im kleinen ausgeübt und nur für kurze Zeit. Das Geschäft ging nicht. Seit fünf Jahren steht das Gebäude, welches auch vier Wohnzimmer enthält, leer."

„Seit fünf Jahren? – Der Grund?"

Der Bürgermeister zögerte mit der Antwort.

„Das Haus ist sehr alt, steht schon an die einhundertundfünfzig Jahre und ist baufällig. Außerdem –"

Wieder eine Pause. „Außerdem –?" mahnte der Fremde sein Gegenüber zum Weitersprechen.

„– Hm, ja – die Leute erzählen sich hier, daß es dort spukt. Natürlich Altweibergewäsch!"

„Spukt? Entschuldigen Sie, soweit beherrsche ich das Deutsche doch nicht. Diese Vokabel fehlt mir. Was heißt ‚spukt' –?"

„Nun, es sollen in dem alten Gebäude Geister umgehen," drückte sich Mattias deutlicher aus. Seine Sorge, daß diese Nachricht den Amerikaner womöglich zurückschrecken könnte, war jedoch überflüssig.

Doktor Timpsear lachte hell auf.

„Geister – das ist ja großartig! Dann sind die wohl in der Hauptsache schuld daran, daß das Haus leer steht? Nicht wahr?"

„Baufällig ist es auch etwas. Aber es wäre leicht in Stand zu setzen," entgegnete das Stadtoberhaupt diplomatisch.

„Wem gehört das Grundstück?" fragte der Fremde nach kurzer Pause.

„Dem Magistrat. Der letzte Besitzer hat es uns testamentarisch vermacht."

„So. – Könnte ich das Haus einmal ansehen?"

„Gern. Ich werde Sie selbst hingeleiten."

Mattias ließ sich die Schlüssel bringen und machte sich dann mit dem Amerikaner auf den Weg.

Die alte Brauerei lag im Süden der Stadt auf einer kleinen Anhöhe unweit eines Feldweges, der recht gut gehalten war. Inmitten der ziemlich dicht stehenden Tannen, die das Gebäude wie eine dunkelgrüne Wand umgaben, wirkte es mit seinen altersgrauen Mauern, den erblindeten Fenstern und dem teilweise mit Moosstreifen bedeckten Ziegeldach beinahe unheimlich. Eine ausgetretene Steintreppe führte zu der schweren, mit Eisenbändern beschlagenen Eingangstür empor. Hie und da waren auch noch die Reste eines Holzzaunes sichtbar, der früher einmal das Grundstück abgegrenzt hatte.

„Nach einer Brauerei sieht das Haus nicht aus," meinte der Amerikaner, indem er es eingehend musterte.

„Es ist auch ursprünglich als Wohngebäude errichtet worden. Erst nachher wurde in den hinteren Räumen der Brauereibetrieb eingerichtet."

„Gut. Schauen wir es uns von innen an."

Damit schritt Doktor Timpsear auf die Tür zu.

Mattias öffnete mit einem mächtigen Schlüssel, der im Notfall auch sehr bequem als Verteidigungswaffe zu benutzen gewesen wäre.

Schweigen besichtigte der Fremde die Zimmer, die sich in besserem Zustand befanden, als er erwartet hatte.

„Keller sind auch vorhanden?" fragte er jetzt, als sie den Rundgang beendet hatten.

„Ja, mehrere und recht ausgedehnte – wollen Sie sie sehen?"

„Danke. Das ist nicht nötig."

Auf dem Rückwege zur Stadt wurden die Herren handelseinig. Der Doktor mietete die Brauerei für ein Jahr zu einem Preise von fünfhundert Mark, wogegen sich die Stadt verpflichtete, die vier Vorderzimmer im Hochparterre innerhalb zwei Wochen in Ordnung bringen zu lassen.

Im Amtszimmer des Bürgermeisters machte man alles noch schriftlich ab. Timpsear zahlte zweihundert Mark an und verabschiedete sich darauf.

Auf die Frage des Stadtoberhauptes, was er eigentlich sei, ob Arzt, Gelehrter oder Privatmann, hatte der Amerikaner lächelnd erwidert:

„Von allen ein wenig, Herr Bürgermeister. Studiert habe ich Chemie; ich verstehe aber ebensoviel auch von Mathematik, Astronomie, Physik und so weiter. Wenn ich Glück habe, werde ich hier in diesem einen Jahre ein reicher Mann. Ich will eine Erfindung vervollkommnen, mit der ich mich bereits drüben in meinem Vaterlande beschäftigt habe. Dort war ich aber vor Spionen nie sicher. Hier hoffe ich es zu sein und kam daher nach Deutschland und schließlich auch nach Buckow."

Mattias hatte keine Ursache, an der Wahrheit dieser Angaben zu zweifeln. Und nachmittags am Stammtisch im ‚Goldenen Löwen' erzählte er schmunzelnd den übrigen Honoratioren, welch feines Geschäft er für die Stadt heute abgeschlossen habe. Am nächsten Morgen pfiffen es dann schon die Spatzen von den Dächern, daß ein leibhaftiger Amerikaner sich in Buckow niederlassen werde.

Und dies geschah genau eine Woche nach jenem Tage, an dem Melitta Winkler Doktor Timpsear im Warenhause Wertheim kennengelernt hatte.

Vierzehn Tage später hielt der Fremde dann seinen Einzug in die Brauer-Burg, wie die Buckower das alte Gebäude zu bezeichnen pflegten. Es war ein stürmischer, naßkalter Nachmittag, als ein großer Möbelwagen vor dem Hause vorfuhr und sechs stämmige Berliner Arbeiter Doktor Timpsears Möbel in die frisch tapezierten Zimmer schleppten.

Die Straßenjungen von Buckow hatten sich vollzählig an dem Feldwege versammelt und erhofften in dem Mobiliar des Amerikaners etwas ganz besonderes zu sehen zu bekommen, wurde aber bitter enttäuscht. Was da ins Haus getragen ward, verdiente mit Recht größtenteils den Namen ‚altes Gerümpel', wie der zwölfjährige Stammhalter des Tischlermeisters Hendrich fachkundig sein Urteil abgab. Nur wenige Stücke befanden sich unter dem Hausrat, die einigen Wert repräsentierten. Der Rest war tatsächlich billig auf einer Auktionen zusammengekauft.

Doktor Timpsear, in einen braunen dicken Ulster gekleidet, überwachte die Arbeit der Leute und gab in seiner kurzen, bestimmten Art, die trotzdem immer einen Anstrich von Höflichkeit hatte, seine Anordnungen hinsichtlich des Aufstellens der Möbel. In einer Stunde, kurz vor Einbruch der Dunkelheit, war der Einzug beendet, worauf die sechs Leute ein anständiges Trinkgeld erhielten und mit dem Möbelwagen davonfuhren.

Noch immer blieben die Buckower Straßenjugend aus Neugier auf ihrem Posten. Noch immer hofften sie, daß die Geister, die die Brauer-Burg bewohnten und die nachts so oft von einsamen Wanderern, die den Feldwege benutzten, in wallenden weißen Gewändern und mit einem Lichte in der Hand hinter den Scheiben beobachtet worden waren, dem frechen Eindringling zumindest einen Schabernack spielen würden. Nichts aber von alledem geschah. Nur der Amerikaner erschien nach einer Weile in der Haustür, schaute zu dem wolkenbedeckten Himmel empor, legte dann die schweren Eichenladen, die von innen zu verschrauben waren, vor die Fenster der vier Räume, die er benutzen wollte, und verschwand wieder. Da gab die Schar das längere Warten auf und trollte sich heim. –

Am nächsten Morgen, als kaum der Tag graute, fand sich der Schlosser mit einem Gesellen in der Brauer-Burg ein, und befestigte vor sämtlichen Fenstern der Kellerräume und des Hochparterres zierliche schmiedeeiserne Gitter, die, obwohl leicht und gefällig gearbeitet, trotzdem jedem Eindringling den Weg in das Innere des Hauses versperrten. Und eine Stunde später erschienen drei andere Leute, die rund um das alte Gebäude einen neuen, weitmaschigen Drahtzaun errichteten; so daß das Grundstück bereits gegen Mittag ein ganz anderes Aussehen angenommen hatte.

Um diese Zeit fuhr der Gutsbesitzer Ernst Mackentun, der von seinem Gute aus stets den näheren Feldweg benutzte, in seinem Jagdwagen an der Brauer-Burg vorüber. Mit unmutig gekrauster Stirn blickte er durch die dunklen Tannen zu dem Hause hinüber, in dem jetzt ein Mensch wohnte, gegen den er ein unbestimmtes Mißtrauen gefaßt hatte. Er wußte ja längst, wer der Amerikaner war, der gerade in Buckow an seiner Erfindung weiterarbeiten wollte, kannte auch seinen Namen – kurz, es konnte kein Zweifel darüber bestehen, daß dieser Doktor Timpsear derselbe Mensch war, der es gewagt hatte, sich unter allerlei durchsichtigen Lügen an Melitta Winkler heranzudrängen.

Damals, als dem Gutsbesitzer dies zur Gewißheit geworden war, hatte er mit seiner Braut eine Aussprache gehabt, die von seiner Seite mit etwas zu deutlicher Gereiztheit geführt wurde. Er wollte auf jeden Fall feststellen, ob der Amerikaner nur zufällig sich gerade dieses Städtchen zum Wohnsitz auserkoren hatte oder ob dabei Melittas Person mit ausschlaggebend gewesen war.

„Kind, du mußt dich doch erinnern, ob du vielleicht dem Doktor im Laufe des Gesprächs mitgeteilt hast, wo du wohnst," hatte er ziemlich erregt gefragt. „Wenn ja, dann nehme ich bestimmt an, daß er nur deinetwegen hierher gezogen ist."

Da hatte sie lustig gelacht und ihn einen eifersüchtigen Nörgler gescholten.

Doch er war nicht so leicht zu trösten, forschte immer wieder nach diesem einen Punkt, bis sie ihm feierlich erklärte:

„Nein, Schatz, soweit ich mich besinne, wurden der Name Buckow nicht zwischen uns erwähnt. – Und nun sei wieder lieb und brav und laß doch den dummen Amerikaner ruhen. Es gibt ja so viele merkwürdige Zufälle in der Welt. – Und einer von diesen wird Doktor Timpsear gerade zu uns geführt haben. – Ja, es muß ein Zufall sein!" fügte sie noch hinzu. „Denn der Fremde sagte ja noch beim Abschied: Wir werden uns nie wiedersehen, gnädiges Fräulein; und wünschte mir dann alles Gute für meine Zukunft. – Nein, Ernst, wirklich – der Mann war völlig harmlos."

Trotzdem hatte sich Mackentun fest vorgenommen, den Amerikaner scharf zu beobachten. Der unbestimmte Argwohn, der in ihm aufgetaucht war, ließ sich nicht beschwichtigen.

Und nun war Doktor Timpsear da. Mit mehr als nur bloßer Neugierde musterte der Gutsbesitzer das Haus.

,Gitter läßt er anbringen, und einen Zaun errichten – sicher also eine ängstliche Seele,' dachte Mackentun etwas geringschätzig.

In demselben Augenblick öffnete sich drüben die Haustür und eine Mädchengestalt in einfachem dunklen Kleide und großer weißer Wirtschaftsschürze trat in den verödeten Vorgarten hinaus.

Wie gebannt hingen Mackentuns Augen an diesem Weibe. – Welche Ähnlichkeit mit Melitta! Welche Ähnlichkeit! Fast hätte er im ersten Moment wirklich geglaubt, seine Braut vor sich zu haben. –

Doch nein. Alles an dem Mädchen dort unter den Tannen war robuster, kräftiger, sozusagen weniger fein als an Melitta. Aber das Gesicht – das hätte einen anderen als ihn nur zu leicht täuschen können. Dasselbe dunkle, hochfrisierte Haar, dasselbe blasse, feine Gesicht, in dem die Augen wie schwarze Diamanten leuchteten. Nur die Figur war voller und breiter und der Gang energischer – zwei sichere Unterscheidungsmerkmale.

Ein leichter Schlag mit der Peitsche. Die Braunen zogen an, fielen in flotten Trab, und bald lenkte Ernst Mackentun zwischen die ersten Häuser des Städtchen ein und fuhr an dem Wohnsitz seines Schwiegervaters in spe, des Rechnungsrates Braumiller, vor.

Und dann hielt der junge Gutsbesitzer sein Bräutchen in den Armen. Alles war vergessen – alles. – Nur das Glück dieses Beisammenseins wollte er genießen. Melitta war zärtlich und anschmiegender denn je. Und um diese selige Stimmung nicht zu trüben, erwähnte Mackentun den Fremden mit keinem Wort.

3. Kapitel
„Ich bleibe nicht –!"

Am folgenden Tage so gegen sechs Uhr nachmittags herrschte in dem Honoratiorenstübchen des ‚Goldenen Löwen' unter den dort versammelten sechs Herren eine gewisse Aufregung.

Ganz dicht war man an einer Ecke des langen Stammtisches, auf dem die große Fahne mit der Aufschrift ‚geschlossene Gesellschaft' stand, zusammengerückt.

„Es ist Tatsache, meine Herren" sagte eben der Apotheker Kalmus mit Wichtigkeit. „Der Fremde hat unseren Bürgermeister gebeten, ihn mit der geistigen Elite unserer Stadt bekannt zu machen. Mattias will nun heute diesem Wunsch des Amerikaners entsprechen und ihn mit zum Dämmerschoppen bringen."

Wieder öffnete sich die Tür und ließ ein neues Mitglied der kleinen Tafelrunde ein. Es war Rat Braumiller, der nun, von allen Seiten herzlich begrüßt, seinen altgewohnten Platz zwischen dem Katasterkontrolleur und dem Sanitätsrat einnahm.

„Jetzt fehlt nur noch Mattias, der doch sonst der erste zu sein pflegt," meinte der Apotheker, indem er heimlich unter dem Tisch seine Fingernägel mit einem abgebrochenen Streichholz reinigte. „Mithin bringt er den Neuen sicher mit. Er wartet absichtlich, bis wir alle versammelt sind. Das erleichtert die Einführung des Amerikaners."

Die Stammtischrunde brauchte nicht lange mehr zu warten. Die beiden Herren traten nach wenigen Minuten ein.

Der Bürgermeister erledigte die allgemeine Vorstellung mit Geschick und Kürze.

„So, Herr Doktor," wandte er sich dann an den neuen Gast, „nun heiße ich Sie in unserer Mitte herzlich willkommen und hoffe, daß Sie sich in unserem Kreise recht wohlfühlen werden. – Nehmen Sie bitte Platz."

War es Zufall oder Absicht – jedenfalls bat Timpsear darum, sich zwischen dem Katasterkontrolleur und den Rechnungsrat setzen zu dürfen.

Eine Verlegenheitspause in der Unterhaltung, die so leicht beim Erscheinen eines Fremden in einem Kreise alter Bekannter einzutreten pflegt, kam dank der gesellschaftlichen Gewandtheit des Amerikaners nicht auf. Im Gegenteil – durch ein paar scherzhafte Wendungen verstand er es meisterhaft, die erste Befangenheit seiner Tischgenossen schnell zu zerstreuen. Bald war eine angeregte Unterhaltung im Gange, bei der Timpsear sich jedoch nie vordrängte, vielmehr in bescheidener Weise nur hie und da eine Bemerkung machte, um das Gespräch in Fluß zu halten. Mit der Zeit richtete er dann das Wort aber immer häufiger an Braumiller, dessen Leidenschaft für Obstkultur, mit der der Apotheker den Rat geneckt hatte, er angeblich zu teilen behauptete. So kam es denn, daß Doktor Timpsear und Braumiller schon bei dieser ersten Stammtischsitzung gute Freunde wurden.

Daß der Amerikaner ein Mann von umfassender Bildung war, merkten die Buckower Herren sehr bald.

Was er von dem kalifornischen Obstbau erzählte, hatte Hand und Fuß und war nicht nur zusammengelesene Zeitungsweisheit. Und ebenso gut unterrichtet zeigte er sich auf medizinischem Gebiet, als der Sanitätsrat nachher über das neue Krebsheilmittel Näheres berichtete. Alles in allem war dieser Doktor Timpsear ein tadelloser Gesellschafter und eine wertvolle Bereicherung der Stammtischrunde. Diese Überzeugung nahmen sämtliche Herren mit heim, als man sich dann gegen acht Uhr trennte.

Langsam schritt der Amerikaner durch die stillen Straßen seiner abseits liegenden Behausung zu. Um seine Lippen spielte ein eigentümliches Lächeln.

Jetzt bog er in den Feldweg ein. Dunkel, totenstill lagen die Äcker da. Auf dem ersten Hügel blieb Timpsear stehen und schaute auf das Städchen mit seinen erleuchteten Fenstern zurück. Er hatte die Arme über der Brust verschränkt und hielt sich regungslos wie eine Statue. Seine Gedanken eilten in jagender Hast von diesem zu jenem.

„Wenn sie ahnen würden, wie gut ich schon über jeden einzelnen Bescheid wußte, noch bevor ich den ‚Goldenen Löwen' betrat. – Aus dem Bürgermeister läßt sich trotz seiner Wortkargheit so leicht alles herauslocken, daß es kein Kunststück ist, den Obstkenner zu spielen. – "

Timpsear lachte höhnisch auf. „Ich glaube, mein erstes Debüt war nicht schlecht. Vertrauen sollen sie zu mir fassen und mithelfen daran, daß ich hier nicht gestört werde, hier, wo mir gelingen muß, Ruhm und Ehren zu ernten, Anerkennung zu finden – alles, was mir bisher versagt war. –"

Noch eine ganze Weile blieb er stehen und blickte in Gedanken versunken auf das friedliche Städtchen zu seinen Füßen. Dann setzte er gemütlich seinen Weg fort. Vor der Pforte des Drahtzaunes, der oben mit zwei starken Stacheldrähten versehen war, machte er Halt, zog einen kleinen Patentschlüssel ohne Bart hervor und öffnete. Auch in das Schloß der Haustür hatte er eine Schloßsicherung eingeführt, die jedes Arbeiten mit einem Nachschlüssel unmöglich machte.

In dem großen, kahlen Flur, dessen Boden mit ausgetretenen Ziegeln bedeckt war, brannte eine billige Küchenlampe, die man mit einem Nagel an der frisch geweißten Wand befestigt hatte. Feuchtkalte Luft schlug dem Eintretenden entgegen. Aber Droktor Timpsear focht diese ungemütliche Umgebung nicht weiter an. Darüber war er erhaben. Er zog seinen Ulster aus und hängte ihn an den neben der Haustür befestigten Kleiderhaken. Dann begab er sich in das zur linken gelegene Gemach, einen zweifenstrigen Raum, den er sich als Speisezimmer eingerichtet hatte. Über dem runden Mitteltisch hing eine Petroleumlampe, deren weiße Glocke ebenso schadhaft war, wie das ganze übrige Mobiliar. Ihr matter, rötlicher Schein genügte gerade, um die Tischfläche einigermaßen zu erleuchten.

Es war ein recht bescheidenes Abendessen, das der Amerikaner nun einsam zu verzehren begann. Auch in diesem Zimmer hatte der mächtige braune Kachelofen in der Ecke die klamme Luft noch nicht zu erwärmen vermocht. Doktor Timpsear fröstelte. Schnell goß er ein halbes Glas voll Whisky hinunter und ging dann, in der Hand ein belegtes Brötchen, ruhig weiterkauend, durch den dunklen Flur in die Küche hinüber. Dort saß das Mädchen, das Ernst Mackentun vorhin im Vorgarten bemerkt hatte, und las beim Schein einer Stearinkerze in einem kleinen Gebetbuch.

Mit ängstlichen Augen musterte sie ihren Herrn, der ihr freundlich Guten Abend wünschte

„Emma, Sie können die Öfen im Eß- und im Arbeitszimmer noch einmal füllen," meinte der Amerikaner sanft. „Wir müssen zusehen, daß wir die Feuchtigkeit aus dem alten Gebäude, das so lange unbewohnt war, herausbekommen."

Das Mädchen klappte ihr Gebetbuch zu und legte es beiseite.

„Gut, daß Sie endlich wieder da sind, Herr Doktor," sagte sie leise. „Ich habe mich hier allein schrecklich gefürchtet!"

„Gefürchtet? Wovor?"

„Ach, Herr Doktor," entgegnete sie verlegen, „am besten wär's wohl, Sie ließen mich gleich morgen wieder fort. Hätte ich geahnt, daß ich als Ihre Wirtschafterin in einem so schrecklich einsamen Hause wohnen müßte, würde ich mich nie bei Ihnen vermietet haben – trotz des hohen Lohnes."

Timpsear öffnete für einen Moment seine halb zugekniffenen Augen. Ein Blick, in dem leises Erschrecken, Ärger und Mißtrauen lagen, traf das selten schöne und stattliche Weib.

Aber ebenso mild wie vorher erwiderte er dann:

„Kind, Sie wollen mich verlassen? – Ja – weswegen denn? Ich begreifen Sie nicht. Ich lege Ihnen auch gern noch fünf Mark zu dem ausgemachten Lohn zu, wenn –"

„Nein, nein, Herr Doktor," unterbrach sie ihn mit abwehrender Handbewegung, „dadurch stimmen Sie mich nicht um. Ich fürchte mich hier. Als ich heute Nachmittag in der Stadt war und die notwendigen Einkäufe besorgte, erzählte man mir – die Bäcker- und die Fleischerfrau waren's – daß es hier in der Brauer-Burg umgehe. – Nie – nie werde ich mich hier wohl fühlen. Und – Sie müssen mich entlassen, Herr Doktor, sonst werde ich krank vor Angst!"

Timpsear merkte, daß Emma Markwart sich nicht würde halten lassen. Um seine Lippen legte sich ein Zug unbeugsamer Entschlossenheit. Eigentlich hatte er Ähnliches erwartet. Nun – er war darauf vorbereitet.

„Liebes Kind, ich bin der Letzte, der eine solche Verantwortung auf sich nehmen würde," meinte er immer noch gleich freundlich. „Wenn Sie sich hier nicht einleben können, so gebe ich Sie natürlich frei. Nur so lange bitte ich Sie noch zu bleiben, bis ich mir Ersatz besorgt habe. – Trotzdem möchte ich Ihnen noch folgendes vorhalten: Gespenster, Emma, die gibt es nicht und hat es nie gegeben. Das sind alles lächerliche Ammenmärchen. Mir, einem gebildeten Manne, können Sie das schon glauben. Ich weiß, daß die Buckower sich erzählen, es – spuke hier. So sagt man ja wohl im Deutschen. Man will nachts in diesen Räumen weiße Gestalten mit Lichtern in den Händen gesehen haben. Das ist leicht möglich. Es werden Spitzbuben gewesen sein, die hier in dem verlassenen Gebäude einen Schlupfwinkel gefunden hatten – vielleicht Berliner Einbrecher, die sich in der Hauptstadt nicht mehr sicher genug fühlten. Jedenfalls werden sie sich hüten, wiederzukommen. Morgen vormittag treffen die beiden auf den Mann dressierten Bulldoggen ein, die ich mir gekauft habe. Die Tiere würden der beste Schutz für Sie sein."

Aber Emma Markwart schüttelte nur den Kopf.

„Dennoch bleibe ich nicht, Herr Doktor," sagte sie hartnäckig. „Sehen Sie sich nur schnell nach einer anderen Wirtschafterin um."

„Wie Sie wollen. – Und nun kommen Sie und schütteln Sie ordentlich Kohlen auf. Ich bleibe zu Hause und werde noch arbeiten."

Eine Viertelstunde später saß Timpsear in seinem Arbeitszimmer, das auf der anderen Seite des Flures lag, an dem großen Schreibtisch aus poliertem Fichtenholz und blätterte beim Schein einer Spiritusglühlichtlampe – der einzigen, die er besaß – in einem alten, vergilbten Aktenbündel, das ihm Bürgermeister Mattias heute durch den Gemeindediener auf seine Bitte hin zur Durchsicht herausgeschickt hatte.

„Ich interessiere mich sehr für solche alten Urkunden," hatte Timpsear zu Mattias gesagt. „Die Geschichte der Brauer-Burg, soweit sie sich an der Hand von Aufzeichnungen zurückverfolgen läßt, geht mich ja jetzt auch etwas an, wo ich in dem verwitterten Bau ein Jahr hausen will."

Das Aktenbündel, das aus dem Stadtarchiv stammte, beschäftigte den Amerikaner beinahe zwei volle Stunden. Besonders eingehend prüfte er die Notizen, die sich auf den Erbauer des Hauses bezogen, einen Baron von Sermatzy, der sich als ungarischer Flüchtling 1752 in Buckow niedergelassen und das Gebäude nach seinen Angaben hatte errichten lassen. Eine noch ziemlich gut erhaltene Zeichnung auf Pergament, die sich unter den Urkunden befand, nahm hauptsächlich Timpsears Aufmerksamkeit in Anspruch. Darauf war ein Grundriß des Hauses abgebildet, freilich in so verworrenen Linien, daß man sich schwer zurechtfinden konnte.

„Ich müßte mich doch sehr irren," murmelte er vor sich hin, „wenn es in diesem alten Kasten keine geheimen Gelasse geben sollte. Es liegt so nahe, daß der Mann, der wegen politischer Umtriebe aus Ungarn flüchten mußte, sich für die Stunde der Gefahr ein Versteck geschaffen hat. – Allerdings – hier in der Stadt weiß man nichts darüber. Sonst hätte der Bürgermeister etwas erwähnt. Am besten, ich suche einmal im Keller nach. Diese punktierten Linien auf der Zeichnung kommen mir sehr merkwürdig vor."

Timpsear erhob sich, zog seinen warmen Ulster an und stieg in die untersten Räume hinab, zu denen man durch eine Tür vom Flur aus über eine lange Steintreppe gelangte. In der Hand die hellleuchtende Spirituslampe, durchschritt er langsam die leeren Gewölbe, schaute in jeden Winkel hinein und prüfte auch hier und dort eine Fuge des verwitterten Mauerwerkes mit seinem Taschenmesser. Vor einigen der Gelasse, besonders denen im hinteren Teil des Gebäudes, waren feste Türen aus Eichenholz angebracht, an denen sich Schlösser befanden, die die helle Freude jedes Antiquitätensammlers gewesen wären. Da jedoch überall die Schlüssel steckten, konnte sich Timpsear ungehindert bis in den entlegensten dieser Räume begeben, der, sich offenbar weit über die Rückfront des Hauses unter der Erde ausdehnend, fraglos früher hauptsächlich dem Brauereibetriebe gedient hatte, wie noch einige große, halbzerfallene Bottiche und Fässer, die an den vor Nässe triefenden Wänden umherstanden, bewiesen.

Nach dieser ersten, oberflächlichen Besichtigung begann der Amerikaner, mit der alten Zeichnung in der Hand, eine nochmalige Inaugenscheinnahme. Hierbei machte er einige Entdeckungen, die ihm recht interessant waren. Aber das, wonach er besonders suchte, fand er nicht. Schließlich holte er sich noch von oben aus seinem Arbeitszimmer einen Zollstock und fing nun an, die Kellerräume, in denen er auf dem Gebäudegrundriß die rot punktierten Linien bemerkt hatte, sorgfältig auszumessen. Eine gute halbe Stunde brachte er bei dieser Tätigkeit zu. –

Es war ein anderer als vorher, der dann die Kellertreppe wieder emporstieg. Triumph, Freude und Schaffenslust leuchteten aus des Amerikaners Augen, die jetzt weit geöffnet waren und in denen es flimmerte wie in dem Bild eines halbirren, von einer wahnwitzigen Idee völlig erfüllten Phantasten.

An seinem Schreibtisch setzte er nun sofort einen Brief auf, der nichts als die Aufforderung enthielt, ihm baldigst die erste Standuhr, Mittelgröße, dunkel gebeizt, zusenden zu wollen. Der Empfänger dieses Schreibens war der Totengräber des Kolonie-Kirchhofes in Berlin. Auf dem Briefumschlag stand jedoch als Adresse nur: Herrn Gottfried Häusler, Berlin N., Grotiusallee 16.

4. Kapitel
Ein Hilferuf?

Am nächsten Tage gegen Mittag ließ sich Doktor Timpsear bei dem Bürgermeister melden. Dieser empfing den Amerikaner mit großer Zuvorkommenheit, bot ihm einen Stuhl an und begann dann sofort mit einer bei ihm nicht gerade häufigen Gesprächigkeit:

„Sie haben gestern am Stammtisch sehr gefallen, Herr Doktor. Das soll keine bloße Schmeichelei sein. Wir alle freuen uns, in Ihnen einen so interessanten Gesellschafter gefunden zu haben."

Um Timpsears dünne Lippen spielte ein Lächeln, von dem man nicht recht wußte, ob es bescheidene Freude oder überlegenen Spott ausdrücken sollte. Mit leichter Verbeugung erwiderte er, indem er den Brillantring auf dem kleinen Finger seiner linken Hand wie spielend in der in das Zimmer hineinscheinenden Sonne hin und herdrehte:

„Interessant?! Ich wünschte, ich wär's, Herr Bürgermeister! Bisher verdiene ich dieses schmückende Beiwort jedenfalls nicht. Vielleicht später einmal, wenn – wenn ich mit meiner Erfindung an die Öffentlichkeit trete."

Wieder dieses seltsame Lächeln. Und dann: „Aber das hat noch gute Wege. Heute führt mich eine andere Sorge zu Ihnen. Ich wage kaum, mein Anliegen vorzutragen. Dieses betrifft eine Angelegenheit, die so gar nicht in Ihren Wirkungskreis gehört und weit eher – Frauensache ist. Doch ein Stellenvermittlungsbureau gibt es hier wohl kaum –"

Mattias horchte auf. „Stellenvermittlungsbureau? Habe ich recht gehört?" fragte er erstaunt.

„Leider ja. – Darf ich mich Ihnen anvertrauen?"

„Aber gewiß. Reden Sie ganz frei heraus. Ich helfe Ihnen sehr gern, wenn ich's irgend vermag."

„Nun denn – meine Wirtschafterin, die ich mir in Berlin gemietet hatte, will mich bereits wieder verlassen. Die Bäcker– und die Schlachterfrau haben ihr gestern, als sie Einkäufe machte, allerhand Dummheiten von Gespenstern erzählt, die sich in der Brauerei bisweilen zeigen sollen. Und da hat das abergläubische Mädchen mir gekündigt – besser gesagt, mich flehendlich gebeten, ich möchte sie entlassen. Unter diesen Umständen darf ich sie auch nicht halten. Ich will heitere, zufriedene Menschen um mich sehen und nicht so ein armes, verängstigtes Geschöpf, dem bei seiner mangelhaften Bildung solche Ideen doch nicht auszutreiben sind."

„Es stellt Ihrem Herzen ein gutes Zeugnis aus, Herr Doktor, daß Sie die Markwart freigeben wollen, trotzdem Sie dies gar nicht nötig hätten. Ein Grund zu sofortiger Kündigung von seiten des Dienstboten wäre diese kindische Geschichte natürlich nie und nimmermehr. Das Mädchen müßte also vorläufig bleiben. Trotzdem – lassen Sie diese Gespensterseherin laufen. Gegen Dummheit kämpfen Götter selbst vergebens."

„Alles sehr richtig. Wo bekomme ich aber so schnell Ersatz her?! – Deshalb wollte ich eben bei Ihnen anfragen, ob Sie nicht jemanden wüßten, Herr Bürgermeister, den ich schleunigst an Stelle der Markwart mieten könnte. Ich würde auch ein älteres Ehepaar nehmen, nur still und ehrlich müssen die Leute sein. Platz genug ist in meinem Hause ja."

Mattias überlegte eine ganze Weile. „Halt!" rief er dann offensichtlich erfreut. „Da fällt mir unser ehemaliger Gemeindediener ein. Der Mann ist schon etwas klapprig, aber die Frau desto rüstiger. Die würden so eine Stelle mit Freuden nehmen. Für die Ehrlichkeit beider garantiere ich. – Wie viel Lohn wollen Sie zahlen, Herr Doktor?"

„Die Markwart erhält sechzig Mark. Das Ehepaar könnte auch siebzig bekommen," erwiderte Timpsear gelassen.

„Siebzig Mark?! Dann haben Sie die Michalkis sicher. Dafür ziehen Ihnen die Leutchen schon morgen zu, wenn Sie wollen."

Der Amerikaner schaute sinnend vor sich hin. Er schien über irgend etwas angestrengt nachzudenken.

„Wenn Sie so liebenswürdig sein wollten, Herr Bürgermeister, so bestellen Sie das Ehepaar für morgen Vormittag zehn Uhr zur Vorstellung zu mir. Gefallen die Menschen mir, so schließe ich mit ihnen gleich einen Kontrakt für ein Jahr ab."

„Gern, Herr Doktor. Die Leutchen werden fraglos Ihren Beifall finden. Nur etwas stimmt mich nachdenklich. Die Michalkis sind beide ziemlich schwerhörig. – Sie sehen, ich bin ganz ehrlich. Hoffentlich schreckt Sie dieses kleine Gebrechen nicht ab."

„Nein, durchaus nicht. Das wichtigste wäre, daß die Frau kochen kann."

„Oh – vorzüglich. Sie ist früher herrschaftliche Köchin bei unserem Landrat gewesen und hat bis in die letzte Zeit hinein noch hie und da bei Gesellschaften die Kochfrau gespielt."

„Mir sehr angenehm zu hören," meinte Timpsear und erhob sich. „Sie müssen mich jetzt entschuldigen, Herr Bürgermeister," fügte er, seinen Hut ergreifend, hinzu. „Mit dem Mittagszug trifft der Mann aus Berlin ein, von dem ich mir zur Bewachung meines Hauses zwei Bulldoggen gekauft habe. – Es bleibt dann also bei der Vereinbarung, morgen früh zehn Uhr sind die Michalkis bei mir. Nochmals besten Dank und auf Wiedersehen."

„Halt, noch eins, Herr Doktor. – Kommen Sie nachmittags zum Stammtisch?"

„Gern – wenn ich nicht aufdringlich erscheine."

„Aber ich bitte Sie! – Dann also um sechs im ‚Goldenen Löwen‘ zu einem gemütlichen Plauderstündchen."

Ernst Mackentun fuhr gerade in scharfem Tempo auf dem Wege zur Stadt an der Brauer-Burg vorüber, als er plötzlich die Zügel kurz anzog und das leichte Gefährt zum Halten brachte.

Es war gegen fünf Uhr nachmittags, und bei dem wolkenbedeckten Himmel lagerte bereits tiefe Dunkelheit über der Umgebung. Der junge Gutsbesitzer hatte den Kopf nach dem einsamen Gebäude hingewandt, dessen Umrisse nur undeutlich hinter der Tannenkulisse hervor schimmerten. Angestrengt lauschte er. Er konnte sich nicht getäuscht haben. Das, was er soeben vernommen hatte, war ohne Zweifel ein gellender Hilferuf gewesen, der aus dem Hause herauszudringen schien.

Die beiden Braunen vor dem leichten Jagdwagen schnaubten und klirrten mit den Zaumketten. Sonst war es ringsum totenstill. – Da – wieder etwas wie ein unterdrückter Schrei. –

Ernst Mackentun hätte wetten mögen, daß dieser aus weiblicher Kehle kam. Und unwillkürlich fiel ihm das Mädchen ein, das eine so merkwürdige Ähnlichkeit mit seiner Braut besaß und das er im Garten der Brauer-Burg gesehen hatte.

Was ging in dem Hause vor? – Ob er absteigen und Einlaß begehren sollte? Vielleicht bedurfte wirklich jemand seiner Hilfe? –

Unschlüssig starrte er vor sich hin in das dunkle Tannengehölz. Er konnte doch unmöglich den Wagen hier allein auf dem Wege stehen lassen. War er doch heute wie so oft ohne Kutscher und Stallburschen abgefahren. – Was also tun?

Da tauchte vor ihm eine Männergestalt auf. Es war der Landbriefträger, der eben von einem Bestellgange heimkehrte. Der Mann erklärte sich sofort bereit, bei dem Wagen zu bleiben und auf die Pferde achtzugeben. Hastig schritt Ernst Mackentun nun auf die Pforte des Drahtzaunes zu. Er rüttelte daran. Sie war jedoch fest verschlossen. Trotzdem wäre er vielleicht gewaltsam eingedrungen, wenn er nicht zwei kräftige Hunde bemerkt hätte, die sich ihm knurrend von dem Gebäude her näherten. Das Erscheinen der gefährlichen Wächter zwang ihn zur Umkehr.

Ohne dem Briefträger mitzuteilen, was er in der Brauer-Burg gewollt hatte, bestieg er wieder seinen Wagen und fuhr der Stadt zu. Weitere Hilferufe oder sonst etwas Besonderes hatte er nicht mehr gehört. Dennoch war das Mißtrauen, das nun einmal in ihm gegen diesen Amerikaner lebte, nur noch stärker geworden.

Er ließ die Pferde im Schritt gehen und sann über alles das nach, was er bisher von dem Fremden erfahren hatte, der sich mit Hilfe einer so durchsichtigen Lüge an Melitta herangedrängt und nun hier in Buckow seinen Wohnsitz aufgeschlagen hatte. Am besten war's wohl, wenn er die persönliche Bekanntschaft dieses Menschen zu machen suchte, um sich selbst über ihn ein Urteil bilden zu können. Er wurde eben das Gefühl nicht los, daß seinem Glücke von diesem Doktor Timpsear irgend eine Gefahr drohe. Und so beschloß er denn, den Rechnungsrat Braumiller heute zum Stammtisch zu begleiten, wo er dann vielleicht mit dem Fremden zusammentraf.

Doktor Timpsear hatte sich als einer der ersten in Honoratiorenstübchen des ‚Goldenen Löwen‘ eingefunden. Bald nach ihm erschien auch der Bürgermeister, der ehrlich erfreut war, daß der Amerikaner die Verabredung so pünktlich eingehalten hatte.

Timpsear nahm das Stadtoberhaupt von Buckow sofort beiseite und klagte ihm sein Leid.

„Denken Sie, Herr Bürgermeister – diese törichte Person, die Emma Markwart, ist mir doch wirklich heimlich davongelaufen. Als ich gegen halb fünf Uhr nachmittags von einem Spaziergang heimkehrte, fand ich das Haus verlassen vor. Mit Sack und Pack ist sie ausgerückt und wahrscheinlich gleich mit dem Fünfuhrzug nach Berlin zurückgekehrt. Unter diesen Umständen bin ich ja gezwungen, die mir von Ihnen als Ersatz vorgeschlagenen Michalkis sofort in meine Dienste zu nehmen. Ich kann wohl darauf rechnen, daß Sie mir die Leute morgen früh bestimmt schicken.“

„Aber gewiß. Es ist schon alles besprochen. – Noch eins, Herr Doktor – die Markwart ist verpflichtet, Ihnen, falls Sie ihr den Lohn für einen Monat vorausbezahlt haben, den Betrag für die nicht abgedienten Tage zurückzuerstatten. Ich würde das an Ihrer Stelle unbedingt –“

„Das Geld lag abgezählt auf meinem Schreibtisch,“ unterbrach der Amerikaner ihn gutmütig lächelnd. „Ehrlich ist das Mädchen – daran habe ich auch nie gezweifelt.“

In demselben Augenblick betraten der behäbige Rechnungsrat und Ernst Mackentun das Zimmer.

Bürgermeister Mattias stellte Timpsear dem jungen Gutsbesitzer vor. Dieser musterte den Fremden mit Blicken, die beinahe argwöhnisch prüfend waren. Dem Amerikaner schien dies zu entgehen. Wenigstens gab er sich dem neuen Mitglied der Tafelrunde gegenüber mit derselben bescheidenen Freundlichkeit, die sein ganzes Wesen auszeichnete. Als Braumiller dann noch hinzufügte, daß Mackentun der Verlobte seiner Nichte sei, erklärte Timpsear sofort mit gewinnender Liebenswürdigkeit:

„Ich habe den Herrn trotz der Kürze unserer Bekanntschaft bereits als verwandten Geist schätzen gelernt. Wir hegen dieselbe Vorliebe für den Bau edler Obstsorten. Nun gehe ich wohl nicht fehl, wenn ich annehme, daß auch Sie ähnliche Neigungen besitzen, Herr Mackentun. Die deutsche Landwirtschaft sollte ja überhaupt der Obstzucht mehr Aufmerksamkeit widmen. In Kalifornien gibt es reine Obstfarmen, die ihren Besitzern jährlich Hunderttausende abwerfen.“

Nachdem die Herrn Platz genommen hatten, wurde dieses Gespräch zwischen Timpsear und Mackentun mit Eifer fortgesetzt. Letzterer war ein viel zu begeisterter Agrarier, um nicht die Gelegenheit wahrzunehmen, sich über die einschlägigen Verhältnisse drüben in Amerika von einem offenbar Sachkundigen Aufschluß geben zu lassen. Und nach Verlauf einer halben Stunde ertappte sich der junge Gutsbesitzer bereits bei dem heimlichen Gedanken, daß er mit seinem Argwohn gegen den Fremden doch wohl weit über das Ziel hinausgeschossen war. Onkel Braumiller hatte wirklich nicht zuviel gesagt. Dieser Timpsear war nicht nur ein tadelloser Gesellschafter und ein kluger Mann, sondern offenbar auch ein höchst harmloser Charakter.

So kam es denn, daß Ernst Mackentun sich ebenso schnell von dem bestrickenden Wesen Doktor Timpsears bestechen ließ, wie die übrigen Herrn des Stammtisches. Jetzt war auch er fest davon überzeugt, daß der Amerikaner ohne eine bestimmte Absicht damals die Bekanntschaft Melittas gesucht hatte. Die Vorfälle bei der Hinfahrt nach der Stadt – die gellenden Hilferufe waren längst vergessen.

Als in dem Gespräch der beiden eine Pause eintrat, rief Mattias dem Fremden über den Tisch zu:

„Sagen Sie, Herr Doktor, sind eigentlich die Hunde eingetroffen? Sie wollten ihre neuen Wächter doch heute von der Bahn abholen.“

„Ja, die sind da. Und ich bin sehr zufrieden mit den Tieren. Sie haben vorzügliche Dressur,“ erwiderte Timpsear, indem er dem Bürgermeister zutrank.

Mit einem Schlage stand da vor Mackentuns Geist wieder jene Szene, wie er heute nachmittag an der Pforte des Zaunes der Brauer-Burg gerüttelt hatte und dann die beiden Hunde mit warnendem Knurren auf ihn zugeschlichen waren. Wieder dachte er an den auffallenden Schrei, den er zweimal so deutlich aus dem einsamen Hause hatte herausschallen hören. Und diese Gedanken zerstörten den Zauber, den Timpsears Persönlichkeit auf ihn ausgeübt hatte. Abermals bemächtigte sich seiner ein leises Mißtrauen gegen diesen Mann, dessen geistige Überlegenheit er selbst schon so eindringlich gespürt hatte. Daher sagte er, aus dem Wunsche heraus sich endlich Klarheit zu verschaffen, mit halber Stimme, während die übrigen Herren laut aufeinander einsprachen:

„Herr Doktor, vielleicht interessiert es Sie zu erfahren, daß Sie zufällig bereits die Bekanntschaft meiner Braut gemacht haben." Er betonte dabei das Wort ‚zufällig' ein wenig.

Timpsear, der soeben die Asche seiner Zigarre an dem Muschelbecher abgestreift hatte, schaute scheinbar überrascht auf. Dann lächelte er ungläubig. Und in einem so ehrlichen Ton, der, da er nur erheuchelt war, ihn zum vollendeten Komödianten stempelte, erwiderte er nachdenklich:

„Die Bekanntschaft Ihrer Braut, Herr Mackentun? – Unmöglich! Ich bin erst so kurze Zeit in Deutschland, daß ich gesellschaftlich noch in keiner Familie verkehrt habe. Sollten Sie sich nicht irren?"

„Erinnern Sie sich bitte einmal an das Warenhaus Wertheim," meinte Mackentun, indem er den Amerikaner scharf beobachtete. „Dort im Erfrischungsraum sprachen Sie vor etwa drei Wochen eine junge Dame an, die allein an einem Tische am Fenster saß. Sie verwechselten diese Dame mit einer Amerikanerin –"

„Oh, nun weiß ich Bescheid," erklärte Timpsear lächelnd. „Freilich, freilich, auf dieses kleine Abenteuer besinnen ich mich ganz genau. Es war mir nachher sehr unangenehm, weil ich fürchten mußte, aufdringlich zu erscheinen, was wahrhaftig nicht in meiner Absicht lag. Also das war Ihre Braut, Herr Mackentun – da kann ich Ihnen zu dieser Wahl wirklich nur von Herzen gratulieren. Selten habe ich bei einer – – doch nein, ich will nicht Schmeicheleien vorbringen, obwohl mir dies bei meinen Jahren wohl erlaubt wäre. Jedenfalls bitte ich Sie, mich Ihrer Verlobten freundlichst zu empfehlen. Ich ahnte ja nicht, daß ich ihr je wieder begegnen würde, glaubte, daß sie in Berlin selbst wohne."

Mackentun zwang sich zu einer höflichen Entgegnung.

„Die Empfehlung werde ich ausrichten. Meiner Braut wird es angenehm sein, wieder etwas von Ihnen zu hören. Sie haben sich damals offenbar sehr gut unterhalten."

Zu sich selbst aber sagte er: ‚Alter Heuchler, so gut du auch zu schauspielern verstehst, ich durchschaue dich doch. Der letzte Satz deines süßlichen Gewäschs war glatter Schwindel. Denn darauf besinnt sich Melitta genau, daß sie dir bei der Verabschiedung sagte, ihr Zug ginge um halb drei ab. Mithin wußtest du, daß sie Berlin verließ und dort nicht zu Hause war. Du willst eben nur um jeden Preis den Eindruck vermeiden, als seiest du nur ihretwegen nach Buckow gekommen;

Inzwischen hatte Timpsear mit gewohnter Bescheidenheit erklärt:

„So – so! – Sehr gut unterhalten! Das freut mich. Ja, ich gab mir alle Mühe, Ihrer Braut ein wenig die Zeit zu verkürzen. Leider bin ich im Umgang mit jungen Damen so sehr ungewandt. Menschen wie ich, die seit ihrer Jugend lediglich der Wissenschaft leben, pflegen meist recht – wie sagt der Deutsche doch nur? – ach so – linkisch, ja – linkisch zu sein."

„Da unterschätzen Sie sich doch wohl etwas zu sehr, Herr Doktor," meinte Mackentun liebenswürdig – so weit er dies bei seinem geraden, aufrichtigen Charakter diesem Manne gegenüber zu sein vermochte. „Ein so weitgereister Herr wie Sie dürfte in allen Sätteln gerecht sein."

Dann lenkte er das Gespräch ganz unvermittelt auf einen anderen Gegenstand. „Wie gefällt Ihnen eigentlich Ihr neues Heim?" fragte er, nachdem er sein Rotweinglas geleert hatte.

Timpsear machte eine unzufriedene Geste mit der Hand.

„Ehrlicher gesagt, Herr Mackentun – nicht sehr," antwortete er flüsternd. „Ich will nicht gern, daß der Bürgermeister, der mir das Haus empfohlen hat, mich versteht. Vorläufig herrscht in den Räumen noch eine recht unangenehme feuchtkalte Luft. Besonders der Fußboden ist, da die Keller sehr geräumig sind, stets eiskalt. Für einen alten Mann, wie mich, kann das leicht böse Folgen haben –"

Der junge Gutsbesitzer hörte kaum auf das, was sein Tischnachbar sprach. In Gedanken legte er sich eben seinen weiteren Angriffsplan zurecht. Da er bei all seiner Geradheit eine gewisse berechnende Schlauheit besaß, meinte er jetzt, völlig harmlos tuend:

„Ich bin heute nachmittag um fünf an Ihrem Hause vorübergekommen, als ich zur Stadt fuhr. Wenn ich den Feldweg benutze, schneide ich ein ganzes Stück ab. Sehr einladend sieht das alte Gebäude wirklich nicht aus."

Mackentun entging es nicht, daß Timpsear leicht zusammengezuckt war. Trotzdem sagte er gleichgültig:

„So, dann liegt Ihre Besitzung also nach Süden zu. Haben Sie es weit bis nach Buckow?"

Der andere merkte, daß der Amerikaner der Unterhaltung eine andere Wendung geben wollte. Das sollte ihm aber nicht gelingen. Indem er tat, als habe er die letzte Frage überhört, sagte er scherzend:

„Ja, ich kam an der Brauer-Burg vorüber. Und beinahe hätte ich Ihnen einen Besuch abgestattet. Ich konnte nur meinen Wagen nicht allein auf der Straße lassen."

Timpsears Gesicht drückte jetzt deutlich eine argwöhnische Spannung aus. Aber seine milde Stimme hatte in nichts ihren Klang verändert, als er fragte:

„Besuch abgestattet? Sie hatten also ein Anliegen, Herr Mackentun, nicht war?"

„Das gerade nicht. Mir schien es nur, als ob ich aus dem Hause Hilferufe – durchdringende Schreie, herausschallen hörte."

Der Amerikaner bückte sich plötzlich. Seine Zigarre war zu Boden gefallen.

Mackentun, schneller als jener, hob sie auf und reichte sie ihm hin. Timpsear bedankte sich und fuhr dann fort:

„Hilferufe? Das muß ein Irrtum sein. Wer sollte sie wohl ausgestoßen haben?! Ich befand mich ja um die Zeit ganz allein in der Brauer-Burg! Bin ja jetzt überhaupt deren einziger Bewohner, nachdem mir meine Wirtschafterin aus Angst vor Gespenstern davongelaufen ist."

Aber Mackentun ließ sich durch diese in bestimmtestem Ton vorgebrachten Angaben nicht beirren.

„Merkwürdig – sollte ich mich wirklich so getäuscht haben?" meinte er zweifelnd. „Ich kann mich sonst auf meine Ohren unbedingt verlassen. Aber freilich, Herr Doktor, wenn Sie selbst nichts gehört haben, dann muß es wohl ein anderes Geräusch gewesen sein, das mich narrte."

Mit voller Absicht gab der Gutsbesitzer sich den Anschein, als ob er der Sache weiter keine Bedeutung beimesse. Timpsear sollte auf keinen Fall argwöhnisch werden.

Dieser schaute jetzt mit leicht gerunzelter Stirn vor sich hin. Eine Weile verging. Dann fragte er schnell, als ob er sich darauf besonnen habe:

„Da fällt mir eben ein, Sie werden sich doch wohl nicht geirrt haben. So gegen fünf Uhr hatte ich nämlich eine meiner Bulldoggen weidlich verprügelt, die mir aus der Speisekammer einen Bratenrest gemaust hatte. Das Tier heulte jämmerlich, weil ich kräftig zuschlug. Und das Gewinsel mögen Sie für einen Schrei gehalten haben. Ja, ja – das wird's gewesen sein! Nachher habe ich dann die beiden Köter zur Strafe in den Keller eingesperrt und erst herausgelassen, als ich mich nach der Stadt begab."

Mackentun hatte den letzten Satz mit atemloser Spannung vernommen. ‚Wieder eine Lüge!' dachte er, innerlich frohlockend. Die Hunde waren ja außerhalb des Hauses gewesen. Zu deutlich hatte er die beiden Tiere gesehen. Hinter dieser Geschichte steckte also mehr. Was aber – was? Er hätte einen Eid darauf ablegen mögen, daß der Schrei aus weiblicher Kehle gekommen war. Und den sollte ein Hund ausgestoßen haben? Lächerlich! Das konnte er, der sich auf seinem Gute eine kleine Meute hielt, am besten beurteilen.

Dennoch fragte er mit gleichgültigem Lächeln, während er sein Weinglas aus der Karaffe frisch füllte:

„Selbstredend habe ich mich da geirrt, Herr Doktor. Ich bin ja auch in flottem Trabe vorbeigefahren und konnte schon deshalb nicht genau unterscheiden, was ich eigentlich hörte. – Prosit, Herr Doktor!"

Dann sprachen sie von Hunden. Timpsear erzählte, was er für die Bulldoggen bezahlt hatte und ließ sich von Mackentun allerlei Ratschläge geben, wie er den Tieren am leichtesten ihre kleinen Unarten abgewöhnen könnte. Jedenfalls schien die Harmonie zwischen den beiden Herren in keiner Weise gestört zu sein. Nachher, als allgemein aufgebrochen wurde, trennten sie sich mit einem freundschaftlichen Handschlag.

Mackentun verlebte den Rest des Abends bei Braumillers. Aber Melitta hatte an ihrem Verlobten heute keine rechte Freude. Er war seltsam wortkarg und nachdenklich und fuhr bereits kurz vor zehn Uhr nach Waldhof hinaus.

In der Nähe der Brauer-Burg ließ er die Pferde ganz langsam gehen. Aufmerksam späte er zu dem düsteren Bau hinüber, der in völliger Dunkelheit dalag. Es waren keineswegs harmlose Gedanken, die Mackentun hegte, als er so in dem leicht hin und her schaukelnden Jagdwagen an der Wohnung des Mannes vorüberkam, mit dessen Person irgendwelche Geheimnisse verknüpft sein mußten. Ja, Geheimnisse! Aber welcher Art waren diese? Was hatte Timpsear hier nach dem kleinen Städchen geführt, welche Zwecke verfolgte er? Liebte er etwa Melitta? Hatte diesen Mann, der bereits auf der Schwelle des Greisenalters stand, vielleicht eine nicht zu unterdrückende Leidenschaft für das junge Mädchen erfaßt? Wollte er Melitta vielleicht für sich erringen? –

Ernst Mackentun sann und sann. Er fand keine Erklärung für all die Rätsel, die sich ihm aufdrängten.

Inzwischen war das Gefährt auf einem Hohlweg in das offene Feld eingebogen. Der junge Gutsbesitzer rüttelte sich gewaltsam auf, griff zur Peitsche und wollte gerade durch einen leisen Wink die Gangart der Pferde beschleunigen, als zu seinem Erstaunen der Peitschenstock plötzlich mitten durchbrach und die obere Hälfte mit der Schnur auf das Schutzleder fiel. Mackentun beschaute sich beim Licht der Wagenlaterne den Schaden, höchst verwundert darüber, wie die Peitsche so ohne alle sichtbare Ursache mit einem Male geknickt sein konnte.

Dann schien's, als ob er leicht zusammenschrak.

„Sollte es möglich sein?!" murmelte er vor sich hin. „Aber woher – woher?"

Wie suchend schaute er sich um. Aber der Mond, der noch soeben mit seinem bläulichen Licht die toten Felder beschienen hatte, war bereits wieder hinter einer dichten Wolke verschwunden. Tiefe Dunkelheit lagerte über der Erde, und keine zehn Schritt weit vermochte man zu sehen. Nur die beiden Wagenlaternen warfen ihre rötlichen Strahlenkegel auf den von mageren, weißschimmernden Birken eingefaßten Feldweg.

Ein Schnalzen mit der Zunge, und die Braunen gingen in Trab über. Mit fester Hand hielt Ernst Mackentun jetzt die Zügel. Kerzengerade saß er da. In seinem Gesicht war jener Ausdruck zielbewußter Entschlossenheit, dem seine Gutsarbeiter und alle die, die geschäftlich mit ihm zu tun hatten, nur zu gut kannten und der besagte: Das will ich und das geschieht – unter allen Umständen.

Ein neues Rätsel, eine versteckte Gefahr hatte sich dem jungen Gutsbesitzer soeben offenbart. Und hinter dieses Geheimnis wollte er kommen, koste es, was es wolle.

5. Kapitel
Ein berühmter Detektiv

Morgens um sieben Uhr war Ernst Mackentun schon wieder auf, obwohl es jetzt in der Wirtschaft so gut wie nichts zu tun gab. Nachdem er hastig Kaffee getrunken hatte, ging er hastig in sein Arbeitszimmer hinüber und begann unter Zeitungen, die in einem Bücherschrank aufgeschichtet lagen, offenbar eine bestimmte Nummer zu suchen. Und nun hatte er sie gefunden.

Er blättert eifrig den Annoncenteil durch. Dann rief er nach einer Weile erfreut aus:

„Halt – hier steht's! Detektivinstitut Argus, Inhaber Fritz Schaper. Glänzende Empfehlungen. Verbindungen in allen Weltteilen. Man spricht alle Sprachen. Einzig dastehende Erfolge in den berühmt gewordenen Kriminalprozessen des ‚Bildes mit den Glasaugen' und des ‚Katzen-Palais'."

Eine Viertelstunde später ließ er sich dann telephonisch mit der Reichshauptstadt verbinden, und bald hatte er auch Anschluß mit der gewünschten Nummer erhalten. Fritz Schaper meldete sich persönlich. Das Gespräch endete damit, daß der Detektiv versprach, mit dem nächsten Zuge nach Buckow zu fahren, wo Mackentun ihn mit einem Wagen persönlich vom Bahnhof abholen wollte.

„Für alle Fälle, Herr Mackentun," sagte Schaper noch zum Schluß, „sollten Sie gezwungen sein, mich irgendwie jemandem vorzustellen, so bin ich ein alter Schulfreund von Ihnen namens Georg Meinhard, Oberleutnant a.D., der auf der Suche nach einem ihm passenden Gute ist."

„Schön. Werde mir's merken. – Nebenbei, Herr Schaper – der nächste Zug geht von Berlin um halb elf ab. Auf diese Weise sind Sie kurz nach zwölf hier."

„Dann also um zwölf. Auf Wiedersehen! – Adieu."

Es war ein elegant gekleideter Herr im hechtgrauen Paletot mit Seidenaufschlägen, tadellos gebügelten Beinkleidern und hellen Gamaschen über den Lackschuhen, der zu der bestimmten Zeit aus dem Buckower Bummelzuge stieg. Gelassen schaute er sich auf dem Bahnsteig um und schritt dann ohne weiteres auf Ernst Mackentun zu, der sich dicht neben dem Ausgang aufgestellt hatte.

Vor dem Gutsbesitzer angelangt, fragte er hastig mit flüsternder Stimme:

„Herr Mackentun?"

„Ja. Sie sind Herr – "

Doch der Detektiv ließ ihn nicht aussprechen.

Mit leicht schnarrender Stimme begrüßte er jetzt seinen Auftraggeber wie einen alten, lieben Bekannten, drückte ihm wiederholt herzlich die Hand, kurz, trat so vertraulich, als ob sie längst die besten Freunde gewesen wären.

Mackentun fand sich nur schwer in die ihm aufgezwungene Rolle hinein und war froh, als sie erst nebeneinander in dem eleganten Wagen saßen, und der Kutscher, der in einer tadellosen Livree steckte, die Pferde anziehen ließ.

Während das Gefährt durch die Straßen rollte, unterhielten sich die beiden Herren mit absichtlicher Lebhaftigkeit, wobei freilich der Detektiv den Hauptanteil an dem Gespräch, das sich um die gleichgültigsten Dinge drehte, trug. Erst als der Wagen in den Feldweg einbog, sagte Fritz Schaper mit unterdrückter Stimme, damit ihn der vor ihnen sitzende Kutscher nicht verstehen sollte:

„So – nun kann die Komödie für eine Weile aufhören. Was bis jetzt geschah, hatte nur den Zweck, auch nicht den geringsten Zweifel bei irgend jemandem aufkommen zu lassen, daß ich nicht ein alter Bekannter von Ihnen sei. Ich bin stets sehr vorsichtig. Die Maske, in der ich auftrete, führe ich bis ins kleinste durch. Davon hängt oft der ganze Erfolg ab. Nennen Sie mich daher auch nie mit meinem richtigen Namen. Sonst verplappern Sie sich zu leicht. Für Sie bin ich Georg Meinhard. Sagen Sie stets, wenn andere dabei sind, ‚lieber Meinhard' zu mir. Es muß sein."

Mackentun lächelte. Er konnte nicht anders. Zum ersten Mal in seinem Leben war er nun mit einem Vertreter dieser besonderen Spezies von Mensch zusammen, die mit ihren Abenteuern eine ganze Literatur für sich in Anspruch nehmen. Dieser Herr, dem das Monokel so fest im linken Auge saß und der so ganz das Auftreten des einstigen Offiziers hatte, gefiel ihm – vielleicht gerade deswegen, weil er so energisch seine Wünsche kundgab und von Anfang an seine Aufgabe so außerordentlich ernst nahm.

Fritz Schaper hatte sich inzwischen die Gegend angeschaut und fragte jetzt, immer in demselben vorsichtigen Ton:

„Wo passierte die Geschichte mit der Peitsche? – Sie sprachen von einem Feldweg. Wir befinden uns hier auf einem solchen."

„Sie vermuten das Richtige. Eine Strecke weiter geschah's. Ich werde Ihnen die Stelle zeigen."

„Gut. Aber alles übrige verhandeln wir erst bei Ihnen daheim," meinte der Detektiv mit einem bezeichnenden Blick auf den Kutscher. „Ich treibe die Vorsicht für Ihren Geschmack vielleicht etwas zu weit. Aber – sicher ist sicher." –

Der Hohlweg war passiert, und der Wagen kletterte eine kleine Anhöhe hinauf. Dann dehnte sich eine weite, platte Fläche Ackerland, das nur hie und da von Gebüschstreifen durchzogen war, vor ihnen aus.

„Hier war's" erklärte Mackentun kurz.

„Ist's genau dieselbe Stelle?" fragte Schaper, indem er die Örtlichkeit zu beiden Seiten des Weges grübelnd musterte.

„Genau. Ich entsinne mich, daß dieser große Stein dort im Graben gerade von dem Laternenlicht getroffen wurde."

„So. – Und schien der Mond in dem Augenblick, als die Peitsche umknickte?"

„Ja. Aber nur kurze Zeit. Der Himmel war mit Wolken bedeckt."

„Hat es in der vergangenen Nacht geregnet?" forschte Schaper weiter.

„Nein, nicht einen Tropfen. Gestern gegen Abend gab's einen kurzen Platzregen."

„Wann ungefähr?"

„So gegen sieben Uhr."

„Also lange vor Ihrem Erlebnis. Ich habe doch recht verstanden: gegen halb elf passierte die Sache Ihnen?"

„Ja!"

„Bitte – lassen Sie halten. Ich werde jetzt aussteigen," ordnete Schaper an. „Dann fahren Sie noch etwa fünfhundert Meter weiter bis an jenes Wäldchen da vor uns und warten auf mich. Der Kutscher darf nicht sehen, was ich hier treibe."

Der Detektiv sprang heraus, und der Wagen rollte ohne ihn weiter. Nachdem das Gefährt hinter den Bäumen verschwunden war, schritt Schaper ohne Rücksicht auf sein elegantes Schuhzeug über den Sturzacker auf eine Pappel zu, die, von Dornensträuchern umgeben, etwa dreißig Schritt links vom Wege stand. Eine geraume Weile verbrachte der Detektiv mit der genauen Untersuchung des Erdbodens in der Nähe des verkrüppelten Baumes. Und erst nach einer reichlichen Viertelstunde traf er dann wieder bei dem wartenden Gefährt ein.

„Erledigt," sagte er zu Mackentun. „Fahren wir weiter."

Im Gutshause von Waldhof wartete ein reichliches Mittagessen der beiden Herren. Sie aßen mit gutem Appetit und taten auch dem edlen Rotwein alle Ehre an. Die Verdauungszigarre rauchte Schaper dann in dem Arbeitszimmer des Hausherrn, der nun mit seinem genauen Bericht begann. Schließlich holte Mackentun auch die mitten durchgeknickte Peitsche herbei, die er sorgsam verschlossen hatte.

Schaper trat damit an das Fenster, nahm eine scharfe Lupe aus der Westentasche und beschaute sich mit ihrer Hilfe die Bruchstelle, die eine ganz sonderbare Form hatte.

„Ihre Vermutung ist richtig," sagte er jetzt ernst, indem er die beiden Stücke des Peitschenstockes beiseite legte. „Es war irgend ein Bleigeschoß, das zufällig nicht Sie, sondern die Peitsche traf, die Sie gerade in der Hand hielten."

„Die Feststellung war für mich als Jäger ja auch nicht allzu schwer," meinte Mackentun. „Dafür ist mir aber etwas anderes völlig unerklärlich geblieben. Ich habe keinen Schuß gehört, nichts – nichts. Woher kam also die Kugel?"

„Aus einem Luftgewehr," erwiderte Schaper ernst.

Der Gutsbesitzer schaute überrascht auf.

„Das muß aber eine Waffe mit einer seltenen Durchschlagskraft gewesen sein," sagte er zögernd. „Gibt es denn solche Luftbüchsen? Ich denke, die Dinger sind so mehr zur Spielerei da."

„Sie irren. Ich kenne ein amerikanisches Fabrikat, das noch auf fünfzig Meter einem Menschen glatt den Garaus macht. – Haben Sie nicht unlängst in der Zeitung von dem geheimnisvollen Tode des englischen Hauptmanns Pallard in London gelesen? Auch der wurde, wie jetzt festgestellt ist, mit einer solchen Luftbüchse, System Karlow, ermordet."

„Unglaublich!" entfuhr es Mackentun. „Da bin ich gestern nacht also wirklich einer bösen Gefahr entronnen – falls eben Ihre Annahme stimmt, daß es sich um einen Schuß aus einer so heimtückischen Waffe handelte."

„Allerdings – die Gefahr war sogar sehr ernst. Ich habe auch die Stelle gefunden, wo der Mann sich aufgestellt hatte, der auf Sie zielte. Entsinnen Sie sich, daß links von dem Feldwege an der bewußten Stelle eine Pappel steht?"

„Ja, es ist ein verkrüppelter Baum. Und hinter dem hatte der Attentäter Posto gefaßt?"

Schaper nickte. „Ich fand seine Fußspuren in dem weichen Boden deutlich ausgeprägt. Leider ist der Bursche gerieben genug gewesen und hat die Stiefel zu Hause gelassen. Sehr vorsichtig! Der Mensch trug nur Socken, und deshalb wird es recht schwer sein, seiner habhaft zu werden. Die Fährte verlor sich nachher auf einem festgetrockneten Fußweg, der zehn Schritt an der Pappel vorüberführt."

Mackentun war ganz entsetzt.

„Ich hatte bisher noch immer im stillen gehofft, daß es sich um ein verirrtes Geschoß handeln könne, welches irgendwo in der Ferne abgeschlossen worden war. Die heutigen Büchsen tragen ja so sehr weit, daß man die Detonation des Schusses oft gar nicht mehr hört."

Nachdenklich blickte er durch das Fenster in den Park hinaus, dessen kahle Bäume ein scharfer Ostwind hin und her rüttelte.

Der Detektiv, der sich an dem Schreibtisch des Gutsbesitzer niedergelassen hatte, trug jetzt mehrere Notizen in sein Taschenbuch ein. Dann fragte er, sich in dem bequemen Ledersessel zurücklehnend:

„Heute vormittag am Telephon machten Sie eine Andeutung, als ob Sie bereits eine bestimmte Person beargwöhnten, die als Täter in Betracht kommen könnte, Herr Mackentun. Bitte äußern Sie sich mir gegenüber ganz offen. Mein Beruf verpflichtet mich zu strengster Verschwiegenheit. Und Geheimnisse sind in meiner Brust ebenso sicher verwahrt wie in der Ihrigen."

Trotzdem zögerte der Gutsbesitzer. Schließlich meinte der unsicher:

„Das, was ich Ihnen anvertrauen will, Herr Sch...Herr Meinhard," verbesserte er sich schnell, „kann nur zu leicht den Anschein erwecken, als ob – Eifersucht meine gesunde Urteilskraft beeinflußt hat. Ich bin mit einer jungen Dame aus Buckow verlobt, und diese spielt in der Geschichte, die ich Ihnen erzählen muß, eine gewisse Rolle. Ja, Sie sollen alles erfahren, alles. Bilden Sie sich dann selbst ein Urteil. Ich werde Ihnen nur die trockenen Tatsachen mitteilen. Die Schlüsse, die ich daraus zog, behalte ich für mich."

„Mir sehr recht. Dann urteile ich eben als ganz unbefangener Zuhörer," meinte Schaper. „Nun, Herr Mackentun, – bitte geben Sie mir auch die kleinsten Einzelheiten an, auf die Sie sich besinnen können, damit ich ein möglichst vollständiges Bild erhalte."

6. Kapitel
Fritz Schaper an der Arbeit

Der junge Gutsbesitzer kam diesem Wunsche, so gut er es vermochte, nach. So erfuhr Fritz Schaper zunächst das Erlebnis Melitta Winklers im Warenhause Wertheim, weiter von dem Auftauchen des Amerikaners, der damals die Bekanntschaft der Braut Mackentuns auf so eigenartige Weise gemacht hatte, in Buckow und schließlich auch von den Hilferufen, die scheinbar aus der Brauer-Burg hervorgedrungen waren, und von Timpsears offensichtlicher Lüge am Stammtisch, die darin bestand, daß er die auffallenden Schreie durch die Züchtigung des Hundes zu erklären suchte.

Der Detektiv hatte den Erzähler bisher nicht ein einziges Mal unterbrochen. Jetzt, als Mackentun schwieg, sagte er bedächtig:

„Hinter dieser Sache steckt fraglos mehr, als wir vorläufig ahnen. Timpsear ist nicht so harmlos, wie er gern scheinen möchte. Die angebliche Ähnlichkeit zwischen Fräulein Braut und einer Newyorkerin war natürlich nur ein Vorwand. Ebenso bin ich überzeugt, daß Timpsear nur deswegen nach Buckow gekommen ist, um irgend ein geheimes Vorhaben durchzuführen, bei dem Fräulein Winkler eine Rolle spielen soll. Offenbar hat der Amerikaner auch nur deswegen eine so große Vorliebe für die Obstzucht geheuchelt, um schnell mit dem Rat Braumiller befreundet zu werden und auf diese Weise wieder mit Ihrem Fräulein Braut zusammenzutreffen. –

Erledigen wir zunächst diesen einen Punkt. – Halten Sie es für möglich, daß dieser Timpsear sich in Fräulein Winkler verliebt hat? Wie alt ist der Mann?“

„Diese Möglichkeit habe ich auch schon ins Auge gefaßt,“ erklärte Mackentun ehrlich. „Timpsears Alter ist schwer zu schätzen. Aussehen tut er wie ein Mensch Mitte Fünfziger. Körperlich und geistig ist er aber noch sehr frisch.“

„Hm – Alter schützt vor Torheit nicht,“ meinte Schaper ernst. „Die Wissenschaft kennt Fälle, wo gerade solche Männer in gereiften Jahren einer tollen Leidenschaft, die urplötzlich erwachte, alles opferten: Geld, Ehre – ja, selbst das Leben.“

Der Detektiv saß eine Weile mit halb zugekniffenen Augen da.

„Ob Timpsear reich ist?“ fragte er dann.

Mackentun zuckte die Achseln.

„Das weiß ich nicht. Ich möchte aber eher mit Nein als mit Ja antworten. Die Möbel, mit denen er sein Haus eingerichtet hat, sollen höchst ärmlich gewesen sein. Und die Zigarren, die er raucht, sind sogar auffallend schlecht, soweit ich dies nach dem Geruch des Rauches beurteilen kann.“

„Nun – das werden wir bald herausbekommen, ob Vermögen vorhanden ist. – Lassen wir jetzt diesen Punkt. Wir müssen abwarten, was sich in der Folge ereignet. –

Nun zu dem nächsten. – Ihrer Meinung nach kamen also die Schreie fraglos aus dem alten Gebäude, nicht wahr?“

„Ohne Zweifel. Ich kann mich nicht getäuscht haben. Und ebenso sicher war es eine menschliche Stimme, die ich hörte.“

„Liegt die sogenannte Brauer-Burg vereinzelt da oder befinden sich noch mehrere andere Häuser in der Nähe?“

„In einem Umkreis von gut fünfhundert Meter gibt es nur das eine Gebäude. Schade, daß ich es Ihnen vorhin nicht zeigte. Wir kamen daran vorüber. Der Feldweg führt dicht vorbei, den wir zur Herfahrt benutz-ten.“

Schaper fuhr ordentlich hoch. „Ah – das ist ja sehr interessant, sehr! Da hätte Timpsear es also, falls er Ihnen aufgelauert und auf sie geschossen hat, gar nicht weit nach Hause gehabt. Sehr wichtig – sehr!“

„Die Stelle, an der die Peitsche zusammenknickte, ist vielleicht dreihundert Meter von der Brauer-Burg entfernt,“ sagte Mackentun eifrig.

Der Detektiv machte sich wieder einige Notizen.

„Wie benahm sich Timpsear eigentlich, als Sie ihm von den Hilferufen erzählten?" forschte er dann weiter.

Mackentun erwiderte mit einer Stimme, der man den heimlichen Grimm deutlich anmerkte:

„Er wendete den alten Trick an, um seine Verlegenheit zu verbergen – ließ seine Zigarre zu Boden fallen und bückte sich, um sie aufzuheben. Aber ich fühlte doch, wie unangenehm ihm die Sache war."

„Hoffentlich haben Sie es zu verheimlichen gewußt, daß Sie seine Ausrede als Schwindel durchschaut hatten," meinte Schaper.

„Ich gab mir die redlichste Mühe. Freilich – ein großer Schauspieler bin ich nicht. – Halt, da fällt mir soeben etwas ein, was ich Ihnen mitzuteilen vergaß. Die Angabe, daß Timpsear sich zu der betreffenden Zeit allein im Hause befand, kann doch stimmen. Denn Bürgermeister Mattias erzählte mir und dem Rat auf dem Nachhausewege vom Dämmerschoppen, der Amerikaner habe mit seiner Wirtschafterin, die er sich aus Berlin mitgebracht hätte, Pech gehabt. Sie sei ihm aus Angst vor den Geistern, die in der Brauer-Burg umgehen sollen, heimlich ausgerückt. Timpsear hat sich auch schon in einem alten Ehepaar Ersatz beschafft, und zwar durch Vermittlung des Stadtoberhauptes."

Fritz Schapers Gesichtsausdruck zeigte die größte Spannung.

„Heimlich ausgerückt? – Wissen Sie, wann das geschehen sein soll?" fragte er schnell.

„Gestern nachmittag. Als Timpsear gegen halb fünf von einem Spaziergang heimkehrte, war das Mädchen weg. Er nimmt an, das sie nach Berlin gefahren ist."

Der Detektiv pfiff leise durch die Zähne.

„Ich nehme etwas anderes an," meinte er leise. „Doch davon später. – Lassen Sie mich einen Augenblick nachdenken. Und – darf ich mir eine frische Zigarre gestatten? – So, danke!"

Schaper begann langsam das große Gemach mit gleichmäßigen Schritten zu durchmessen. Bisweilen blieb er stehen und paffte dichte Rauchwolken in die Luft. Erst nach einer ganzen Weile nahm er wieder vor dem Schreibtisch Platz.

„Nach Ihrer letzten Mitteilung, Herr Mackentun, die den angeblichen Weggang des Mädchens betrifft, bin ich zu einer anderen Schlußfolgerung gelangt," meinte er bedächtig. „Ich halte Timpsear für den, der sie heimlich beseitigen wollte. Aber nicht als Verlobter Melitta Winklers sollten Sie aus dem Wege geräumt werden, sondern – als der, der die Hilferufe gehört hat und der dem Amerikaner deshalb gefährlich werden konnte. Nicht Eifersucht war das Motiv des Attentats, sondern – verbrecherischer Selbsterhaltungstrieb."

Der junge Gutsbesitzer blickte den Detektiv entsetzt an.

„Glauben Sie etwa, daß – daß dem Mädchen etwas passiert ist?" fragte er unsicher.

„Sie drücken sich vorsichtig aus," entgegnete Schaper. „Was ich vermute, will ich noch für mich behalten. Alles kommt jetzt darauf an, daß wir Timpsear nicht mißtrauisch machen. Ich werde Ihnen daher einige Verhaltungsmaßregeln geben, die Sie genau befolgen müssen. Zunächst dürfen Sie Ihr Erlebnis von gestern nicht verschweigen. Sprechen Sie davon ruhig zu Ihren Bekannten, indem Sie so tun, als ob vielleicht die verirrte Kugel aus der Büchse eines Wilderers den Schaden angerichtet habe. Sagen Sie auch, daß Sie der Sache weiter keine Bedeutung beimessen und daß Sie glauben, Sie hätten in der Ferne einen Schuß gehört. Geben Sie der Geschichte einen scherzhaften Anstrich, ohne dabei natürlich zu übertreiben. Timpsear hat nämlich sicherlich beobachtet, wie Sie den Peitschenstock beim Lichte der Wagenlaternen sich beschauten. Würden Sie nun schweigen, so könnte er leicht zu der Annahme gelangen, daß Sie heimlich Nachforschungen anstellen ließen. Und das muß vermieden werden. Weiter – seien Sie recht liebenswürdig zu dem Amerikaner – aber halten Sie die Augen offen, und fahren Sie nie wieder ohne Begleitung nachts heim und stets im scharfen Tempo. Man kann ja nicht wissen, ob das Attentat nicht wiederholt wird. Einen Menschen auf einem schnell fahrenden Wagen zu treffen und noch dazu in der Dunkelheit, ist nicht leicht."

„Ich könnte ja auch die Chaussee für die Zukunft benutzen," meinte Mackentun, dem bei dem Gedanken, daß sein Leben auch fernerhin bedroht sein könne, nicht ganz wohl zu Mute war.

„Tun Sie das nicht. Auch das würde auffallen," erklärte Schaper jedoch. „Wenn Sie vorsichtig sind, kann Ihnen nichts geschehen. Besser schon, Sie nehmen einen Wagen mit Halbverdeck zu Ihren Fahrten, falls Sie einen solchen besitzen."

„Das ist eine Idee. Tatsächlich, ich habe einen Halbverdeckwagen, den ich in der kalten Jahreszeit oft gebrauche. Darin fühle ich mich ganz sicher."

„Also das wäre auch erledigt. Nun müssen wir uns noch über den weiteren Feldzugsplan einig werden. Meine dauernde Anwesenheit ist vorläufig hier nicht vonnöten. Es genügt, wenn Sie mir hin und wieder schriftlichen Bericht erstatten. Inzwischen werden ich von Berlin aus über das Vorleben dieses Amerikaners Erkundigungen einziehen. Für alle Fälle bereiten Sie aber meinen eventuellen späteren Besuch, der dann ja längere Zeit währen würde, dadurch vor, daß Sie gelegentlich erwähnen, es wäre sehr wahrscheinlich, daß ein alter Freund einige Zeit bei Ihnen sein Quartier aufschlagen würde. An dem Märchen von dem Gutsankauf, den ich beabsichtige, können wir ja festhalten. –

So, und nun bitte ich um nähere Angaben über Ihre Familienverhältnisse, die ich mir inzwischen einprägen will, und über alles sonstige, was in Betracht kommt. Danach wollen wir uns dann schlüssig werden, wo wir uns kennen gelernt haben, zusammen gewesen sind usw."

Mackentun wunderte sich im stillen, mit welcher Gründlichkeit der Detektiv diese Vorbereitungen traf. Aber andererseits ersah er daraus auch wieder, wie ernst dieser elegante Herr mit den gewinnenden Manieren seine Aufgabe nahm und wie er auch nicht das Geringste verabsäumte, um zu dem gewünschten Erfolge zu kommen. – –

Nachdem die Herren später dann noch gemeinsam Kaffee getrunken hatten, geleitete Mackentun seinen Gast wieder zum Bahnhof. Dieses Mal aber in dem Halbverdeckwagen.

Als sie an der Brauer-Burg vorüberfuhren, wollte der Gutsbesitzer sich vorbeugen, um dem Detektiv das Gebäude zu zeigen.

„Lassen Sie, mein Lieber!" wehrte Schaper jedoch ab. „Was interessiert den Oberleutnant Meinhard das alte Haus?!"

Eine Viertelstunde später dampfte der Detektiv schon wieder der Hauptstadt entgegen.

Ernst Mackentun aber begab sich vom Bahnhof zurück zu Braumillers, wo er zu seinem Erstaunen in dem altmodisch eingerichteten Salon mit – Doktor Timpsear zusammentraf, der auf die Einladung des Rechnungsrates hin der Familie seine Antrittsvisite abstattete.

Der junge Gutsbesitzer hatte durch das kurze Beisammensein mit dem Detektiv doch schon einiges gelernt. Es gelang ihm recht gut, den harmlos Liebenswürdigen zu spielen. Und als der korpulente Rechnungsrat nun sofort scherzend erzählte, daß Timpsear und Melitta ja eigentlich alte Bekannte wären, wie sich eben herausgestellt hätte, da brachte er es sogar fertig, fröhlich zu lachen, indem er immer wieder betonte, daß er sich so sehr freue, weil ihm und seiner Braut, die dies ja längst gewußt hätten, diese Überraschung so gut geglückt sei.

Melitta, die gefürchtet haben mochte, daß ihr Verlobter dem Amerikaner vielleicht unfreundlich begegnen würde und daher zunächst noch etwas unsicher in ihrem Benehmen gewesen war, streichelte jetzt zärtlich ihrem Onkel die Hand und meinte mit wahrer Armensündermiene, während es um ihre roten Lippen schelmisch zuckte:

„Ja ich bin wirklich ein recht undankbares Haustöchterchen, daß ich euch mein kleines Abenteuer bei Wertheim damals verschwieg. Aber Ernst habe ich es jedenfalls gebeichtet, und der ist doch nun einmal für mich die Hauptperson. – Seid mir also bitte nicht böse! Ein kleines Geheimnis zu haben, ist wirklich zu nett!"

Braumiller zog sie liebevoll an sich.

„Da sehen Sie, Herr Doktor, was unsere Melli für ein kleines Sprühteufelchen ist. Ihr Gatte wird es später einmal recht schwer mit ihr haben," meinte er gutgelaunt.

Mackentun benutzte die Gelegenheit, um sein Erlebnis vom Abend vorher zu berichten.

„Falls er überhaupt ihr Gatte wird," sagte er daher im Tone eines Schauergeschichtenerzählers. „Hier bei uns treiben jetzt wieder einige Wildschützen ihr Wesen. Und einer von diesen hat sich gestern das harmlose Vergnügen gemacht, mir meine Peitsche entzwei zu schießen!"

Die Art und Weise, wie er nun die Einzelheiten des Vorfalls schilderte, war derart gelungen, daß Timpsear sicherlich vollkommen getäuscht wurde und annehmen mußte, Mackentun habe von dem wahren Sachverhalt keine Ahnung. Auch dem Ehepaar Braumiller kam die Gefahr, in der der Verlobte ihrer Nichte geschwebt hatte, gar nicht recht zum Bewußtsein. Nur der Amerikaner und Melitta gaben ihrer ernsteren Auffassung dieses Zwischenfalls beredten Ausdruck. Ersterer, indem er Mackentun riet, die Angelegenheit den Behörden zu unterbreiten, damit den Wilddieben ihr Handwerk gelegt werde, während aus des jungen Mädchens Worten deutlich die große Sorge um das Leben des Geliebten hervorklang.

Doch des jungen Gutsbesitzers halb zärtlichen, halb scherzenden Worten gelang es schnell, Melittas Angst zu zerstreuen.

7. Kapitel
Der ‚taube‘ Michalki

Ungefähr zwei Wochen später, gegen Mitte Dezember, erhielt der Detektiv Fritz Schaper den ersten längeren Bericht von dem Gutsbesitzer. Der sorgfältig versiegelte Brief hatte folgenden Inhalt:

‚Aus meinen bisherigen, wenig umfangreichen Benachrichtigungen erfahren Sie, daß inzwischen hier nichts von besonderer Wichtigkeit passiert ist, falls man eben davon absieht, daß die frühere Wirtschafterin des Amerikaners seit dem Tage, an dem sie angeblich heimlich davongelaufen sein soll, tatsächlich spurlos verschwunden ist, wodurch Ihre Annahme, daß an dem Mädchen ein Verbrechen verübt worden ist – denn nur so kann ich Ihre damaligen Bemerkungen deuten – sehr an Wahrscheinlichkeit gewinnt. Die im Norden Berlins wohnenden Eltern der Emma Markwart haben jetzt, nachdem ihre Tochter noch immer nicht zurückgekehrt ist, beziehungsweise ein Lebenszeichen von sich gegeben hat, auch die Berliner Polizei benachrichtigt, nachdem die Erkundigungen, welche die Buckower Behörden nach dem Verbleib des Mädchens eingezogen haben, ohne jedes Resultat geblieben sind. Vorgestern war ein Kriminalbeamter aus Berlin bei dem Bürgermeister Mattias und hat mit diesem über den Fall Rücksprache genommen. Die Sache bleibt trotzdem dunkel und unerklärlich wie zuvor. Niemand hat die Markwart gesehen, als sie zum Bahnhof ging, keiner der Bahnbeamten, die an dem betreffenden Tage Dienst hatten, besinnt sich auf sie. Trotzdem hielt der Berliner Beamte an der Ansicht fest, das Mädchen sei sicherlich erst in der Reichshauptstadt einem Verbrechen zum Opfer gefallen oder aber nach auswärts verschleppt worden. Gegen Timpsear ist bis jetzt nicht der geringste Verdacht aufgetaucht.
Nun zu dem Amerikaner und seiner Stellung in der Buckower Gesellschaft. Da kann

ich mich ziemlich kurz fassen. Er ist allgemein beliebt. Mehr noch, die Leute reißen sich förmlich nach seinem Verkehr. Zum bevorstehenden Weihnachtsfeste hat er für die Armen der Stadt fünfhundert Mark gespendet, und das rechnet man ihm hoch an. Bei Braumiller geht er wie ein intimer Freund des Hauses aus und ein. Der Rechnungsrat dürfte mit ihm schon in nächster Zeit Brüderschaft trinken. Doch ich will nicht ironisch werden. Dazu ist die Sache zu ernst. Was meine Braut anbetrifft, so teilt sie diese Vorliebe für den Fremden mit den übrigen Bewohnern des Städchen. Unzählige Male habe ich nun schon Gelegenheit gehabt, Timpsears Benehmen Melitta gegenüber kritisch zu prüfen. Ich muß ehrlicher sein, meine anfängliche Vermutung, daß er in sie verliebt sein könne, ist fraglos unrichtig gewesen. Er trägt im Verkehr mit Melitta stets dieselbe väterliche Freundlichkeit zur Schau – nichts weiter. Ich täusche mich in dieser Hinsicht sicherlich nicht. Die Augen eines Bräutigams würden in einem solchen Falle eher zu viel als zu wenig sehen. Wenn nicht so manches andere gegen Timpsear spräche, würde ich jetzt fast sagen, er sei doch nicht Melittas wegen nach Buckow gekommen.
Und nun habe ich Ihnen eine ganze Menge merkwürdiger Tatsachen mitzuteilen, aus

denen ich nicht recht klug werde.
Sie wissen, daß Timpsear an Stelle der verschwundenen Markwart den früheren Ge-

meindediener Michalki und dessen Frau in seine Dienste genommen hat. Die Anastasia Michalki ist früher, bevor sie den ehemaligen Unteroffizier heiratete, lange Jahre bei meinen Eltern auf Waldhof herrschaftliche Köchin gewesen und hat mich als kleinen Burschen auf ihren Knien geschaukelt. Ihre dankbare Anhänglichkeit an mich als den letzten Vertreter der Familie Mackentun ist sehr groß, da ich das Ehepaar

stets nach Kräften unterstützt habe. Jedenfalls besteht zwischen mir und der alten
Frau ein Vertrauensverhältnis, wie man es selten finden wird. Stets fragt sie mich bei
allen wichtigere Anlässen um Rat, besucht mich auch bisweilen ohne Grund, nur um
mir wieder einmal dieses oder jenes Leibgericht kochen zu können, wozu ihr meine
Wirtschafterin stets gnädig die Erlaubnis gibt.
Vor vier Tagen stellte sich die Anastasia seit längerer Zeit abermals bei mir ein. Ich

merkte sehr bald, daß sie etwas besonderes auf dem Herzen hatte, mußte ihr aber
lange gut zureden, bevor sie ihre Ängstlichkeit überwand und mit der Sprache heraus-
rückte. Dies geschah auch erst, nachdem ich ihr feierlichst strengstes Stillschweigen
gelobt hatte.
Dann erzählte sie mir, daß Timpsear sie und ihren Mann unter ganz eigenartigen

Bedingungen angeworben habe. All diese Vorschriften, die der Amerikaner genau
befolgt wissen will und über die das Ehepaar zu niemanden sprechen darf – bei Strafe
sofortiger Entlassung – laufen nun auf nichts anderes hinaus, als Timpsear vor einer
Überraschung durch die alten Leutchen zu sichern. So dürfen sie seine Zimmer nur
zu bestimmten Stunden, gewisse Räume, zum Beispiel den Keller, aber niemals betre-
ten. Ihr Tagewerk ist auf die Minute geregelt. Die Mahlzeit nimmt der Amerikaner
sozusagen mit dem Glockenschlage ein. Vor der schweren Kellertür hat er persönlich noch drei verschließbare Riegel angebracht, die durch Patentschlösser verwahrt
sind. Daß er sämtliche Fenster hat vergittern lassen, wissen Sie schon, ebenso von der
Existenz der beiden Bulldoggen, die sich Tag und Nacht in dem umzäunten Garten
umhertreiben und jedes Eindringen in das Haus unmöglich machen.
Schon hieraus geht für einen Menschen, der sich durch die Liebenswürdigkeit des

Amerikaners nicht ebenso blenden läßt wie die Buckower, deutlich hervor, daß Timpsear in der Brauer-Burg Dinge treibt, die das Licht des Tages scheuen. Freilich hat
er dem Bürgermeister Mattias erzählt, daß er an einer Erfindung arbeite. Aber daran
glaube ich nicht.
Hören Sie weiter. Von der Anastasia Michalki erfuhr ich dann auch etwas, das mir

völlig neu war und mir die Person des Gemeindedieners in ein ganz anderes Licht
rückte. Michalki ist seiner Zeit wegen Schwerhörigkeit pensioniert worden, und zwar
wegen hochgradiger Schwerhörigkeit. Dasselbe Leiden hat auch seine Frau, und die
Unterhaltung mit ihr ist daher nicht ganz einfach. Sie vertraute mir nun an, daß die
Taubheit ihres Eheherrn sich plötzlich gebessert und er daher in dem einsamen Hause
so manches gehört habe, was ihm sonst entgangen wäre. Als sie mir dies mit pfiffi-
ger Miene mitteilte, ahnte ich sofort das Richtige, nämlich, daß der alte Michalki die
Schwerhörigkeit mit bewundernswerter Ausdauer stets simuliert habe, um seinen gewiß nicht leichten Dienst loszuwerden. Ich sagte der Alten dies auf den Kopf zu, und
schließlich gab sie dann auch der Wahrheit die Ehre. Mit einem Wort, der Michalki
ist ein ganz geriebener Bursche, der uns noch sehr nützlich werden kann. Bedenken
Sie nur, mit welcher Konsequenz er stets den Stocktauben gespielt und alle Ärzte, die
ihn untersuchten, genarrt hat. Dabei macht der Mann einen Eindruck, als könne er
nicht bis drei zählen.
Aus welchem Grunde ich mich hier so eingehend mit dem Gebrechen des Michalki

beschäftige, werden Sie bald merken.
Das alte Ehepaar bewohnt in der Brauer-Burg eines der ungenutzten Hinterzimmer

dicht neben der Küche. Am zweiten Abend nach dem Einzug der alten Leutchen

in das einsame Haus vernahm Michalki zum ersten Mal ein aus den Kellergewölben
herausdringendes Geräusch, welches wie das Kreischen einer Säge klang. Der frühere
Gemeindediener begab sich daraufhin leise auf den Hof, indem er die für ihn und seine Frau allein erlaubte Hintertür benutzte, um nachzusehen, ob etwa Einbrecher an
der Arbeit wären. Im Keller war jedoch alles dunkel, wie er trotz der halberblindeten
Scheiben vor den niedrigen Fenstern feststellen konnte. Trotzdem mußte sich jemand
in dem weiten Gewölbe aufhalten, da die merkwürdigen Töne sich mit längeren und
kürzeren Pausen immer wieder hören ließen. Nach einer Weile kehrte der Alte dann
ebenso leise wieder zu seiner Frau zurück. Beide berieten, immer noch in dem Glauben, daß es sich um Einbrecher handeln könne, ob sie nicht ihren Herrn aufmerksam
machen sollten. Schließlich kamen sie aber doch überein, die Sache auf sich beruhen
zu lassen, da sie ja sonst hätten eingestehen müssen, daß Michalki alles andere, nur
nicht schwerhörig war. Sie schlossen sich also in ihre Stube ein und warteten der
Dinge, die da kommen würden.
Aber nichts geschah weiter. Da sich auch die Hunde draußen ganz ruhig verhielten,

nahmen die beiden Leutchen an, daß es vielleicht der Doktor selbst sei, der im Keller herumwirtschaftete, und schliefen ein. Gegen Mitternacht wachte Michalki dann
über quälendem Durst auf, schlich in die Küche und trank ein Glas Wasser. Wie er in
die Stube zurücktappte, vernahm er abermals ein Geräusch, das aus den Kellerräumen
herauf drang. Geräusch ist wohl nicht der richtige Ausdruck. Der Alte hat seiner Frau
gesagt, es sei etwas wie ein jämmerliches Stöhnen gewesen, so furchtbar anzuhören,
daß es ihm eiskalt über den Rücken lief. Sofort dachte Michalki an die Geister, die
in dem alten Gebäude umgehen sollten, kroch schleunigst ins Bett und zog sich, an
allen Gliedern zitternd, die Decke über die Ohren.
Noch zweimal hat der Gemeindediener dieselben, für ihn so schrecklichen Laute ge-

hört. Immer nachts, wenn im Hause anscheinend alles schlief. In der letzten Woche
ist jedoch nichts mehr geschehen, obwohl der Alte häufig stundenlang wach gelegen und gelauscht hat. Nur das eine ist ihm nicht entgangen, daß Timpsear sich
regelmäßig gegen elf Uhr abends in die Kellergewölbe hinabschleicht und dort lange
verweilt. Was der Doktor dort treibt, weiß er nicht. Daß diese Beobachtung des Alten richtig sein muß, geht auch daraus hervor, daß Timpsear sich das erste Frühstück
genau um elf Uhr vormittags servieren läßt und bis dahin fest schläft. Mithin gibt er
sich eben den größten Teil der Nacht mit Sachen ab, die er ängstlich vor jedermann
verbirgt. –
Wird er zu diesen späten Stunden an seiner Erfindung arbeiten? – Wohl kaum! – Ich

finde darauf keine Antwort, obwohl ich von der Anastasia noch mehr erfuhr.
Timpsear hat in der letzten Zeit zwei Kisten als Frachtgut zugeschickt bekommen,

längliche, viereckige Kisten, die angeblich – Standuhren enthalten haben sollen. Als
Michalki sich erbot, ihm beim Öffnen der Kisten behilflich zu sein, lehnte der Amerikaner das Anerbieten mit der Bemerkung ab, er wolle die Verbesserungen, die er
vorhabe, erst später anbringen. Vorläufig sollten sie in den Keller geschafft werden
und dort stehen bleiben. Und dies geschah auch. Der Gemeindediener, der zusammen mit Timpsear die Kisten in die Gewölbe hinabtrug, hat nun seiner Frau mehrfach
versichert, daß sie einen anderen Inhalt gehabt haben müssen, da sie außerordentli-
chen schwer gewesen seien.
Ein glücklicher Zufall hat es nun bewirkt, daß ich in der Lage bin, Ihnen, geehrter

Herr Schaper, heute schon den Absender der beiden Kollis, die gleichmäßig groß –

etwa einen halben Meter breit und hoch und eineinhalb Meter lang – gewesen sein
sollen, nennen zu können, was Sie fraglos interessieren dürfte. Der Mann heißt Gottfried Häusler und wohnt Berlin N., Grotiusallee 16. –
Michalki hat dies auf folgende Weise ausspioniert: Er fand in dem Papierkorb einen

der zerrissenen Frachtbriefe, legte die Fetzen zusammen und gelangte so in den Besitz
der Adresse, wobei ihn das Gefühl leitete, daß es mit den beiden Sendungen etwas
Besonderes auf sich haben müsse.
Schließlich wußte mir dann die alte Frau noch etwas zu berichten, daß wiederum

dafür zu sprechen scheint, daß sich der Amerikaner wirklich mit einer Erfindung
heimlich beschäftigt. Er hat nämlich wiederholt große Pakete erhalten, die den Fir-
menaufdruck von chemischen Fabriken trugen. In einem dieser Pakete muß nach
Michalkis Ansicht Kampher gewesen sein, da es selbst durch die Umhüllung hin-
durch sehr scharf nach dieser Droge roch. –
Das wären meine Neuigkeiten. Ich habe nur noch hinzuzufügen, aus welchem Grunde

die Anastasia mir das alles anvertraute. Die Leutchen fühlen sich in dem einsamen
Hause todunglücklich, obwohl Timpsear sie sehr gut behandelt und auch ihre Arbeit leicht und angenehm ist, und möchten diesen Dienst daher schleunigst wieder
aufgeben. Die Anastasia erklärte mir geradezu, ihnen wäre sowohl das alte Gebäude
als auch ihr Herr unheimlich, und sie könnten nachts nie mehr ordentlich schlafen.
Ich sollte ihr nun einen Rat geben, wie sie am einfachsten den Vertrag, den sie mit
dem Amerikaner gleich auf ein Jahr geschlossen haben, lösen könnten. Mit Tränen
in den Augen bat die Frau mich, ihr doch um Gottes Barmherzigkeitwillen behilflich
zu sein.
Obwohl mir das Weiblein ehrlich leid tat, überredete ich es doch in unserem In-

teresse, wenigstens vorläufig noch zu bleiben, indem ich hervorhob, ein wie hoch-
achtbarer Mann Doktor Timpsear wäre und wie wenig Grund sie zu ihrer törichten
Angst hätten. Meine eindringlichen Worte und ein blinkendes Zwanzigmarkstück
zerstreuten schließlich auch ihre letzten Bedenken. Nachdem ich der Frau dann nochmals versprochen hatte, niemandem etwas von unserer Unterredung mitzuteilen – sie
fürchtete, daß Timpsear sie eventuell wegen Verleumdung belangen würde – zog sie
befriedigt ab.
Die Umstände haben mich gezwungen, meine Schweigepflicht zu brechen. Ich mache

mir deswegen auch weiter keine Gewissensbisse. Geschieht es doch nur im Interesse
einer guten Sache. Denn, um ganz offen zu sein, mehr denn je nehme ich jetzt an,
daß mit der Person Timpsears Geheimnisse dunkelster Art verbunden sind. –
Wozu versuchte er mich zu beseitigen, wo blieb Emma Markwart, was bedeutet das

Stöhnen in den Kellergewölben, was enthielten die Kisten, wozu die Vorsichtsmaßre-
geln, mit denen der Amerikaner sich umgibt? Das sind Fragen, die dringend einer
Aufklärung bedürfen.
Ich hoffe auf eine recht baldige Antwort von Ihnen. Haben Sie schon Nachricht aus

Newyork? Ich bin sehr gespannt, was wir über das Vorleben des Amerikaners erfahren
werden. –

Mit bestem Gruß –
Ernst Mackentun.' –

Zweimal überlas Fritz Schaper langsam diesen erschöpfenden Bericht. Dann ließ er sich das Adreßbuch bringen und suchte darin nach Gottfried Häusler.

Plötzlich weiteten sich seine Augen in starrem Staunen.

„Was bedeutet das?!“ murmelte er vor sich hin. „Nur einen Gottfried Häusler gibt's in der Grotiusallee, und der ist – Totengräber! – Ausgerechnet Totengräber! – Wie kommt der Mann dazu, Standuhren an Timpsear zu schicken?! Mackentun oder besser der Michalki hat recht. Die Kisten – enthalten etwas anderes. Aber – was –?“

Den Kopf in die Hand gestützt, saß der Detektiv eine ganze Weile regungslos an seinem Schreibtisch. Immer aufs neue erwog er das, was ihn über den Fall Timpsear bisher bekannt war, baute alle möglichen Kombinationen auf, verwarf sie wieder, grübelte und grübelte. Kein Lichtstrahl durchzuckte das Dunkel, das diese seltsamen Geschehnisse einhüllte.

Endlich gab Fritz Schaper die Sache vorläufig auf. Durch ein Klingelzeichen rief er seinen Bürovorsteher herbei.

„Lemke, wer von unseren Leuten ist augenblicklich frei?“ fragte er kurz.

„Holm, Berent und Pfitzner,“ erwiderte der Vorsteher prompt.

„Die beiden ersten sollen sich sofort aufmachen und in der Grotiusallee den Totengräber Gottfried Häusler überwachen. Ich will genau wissen, was der Mann treibt, mit wem er verkehrt, usw. – Sind neue Aufträge eingelaufen?“

„Jawohl, Herr Schaper – drei. Außerdem warten zwei Herren und eine Dame im Vorzimmer.“

„Ist von Newyork noch immer keine Nachricht auf unsere Kabeldepesche wegen des amerikanische Doktors eingegangen?“

„Nein. Ich wundere mich selbst darüber. Es sind doch inzwischen über vierzehn Tage verstrichen.“

„Allerdings. Am besten, wir telegraphieren nochmals an Harst & Walker und fragen an, wie die Sache steht. Erledigen Sie das sofort.“

Bereits an demselben Abend traf die Antwort von Newyork ein. Das Detektivinstitut Harst & Walker meldete, daß ein eingehender Bericht gestern mit dem Dampfer ‚Deutschland‘ abgegangen sei.

8. Kapitel
Eine Gefälligkeit

Der erste Schnee war gefallen. Mit einer dünnen, weißen Schicht bedeckte er die Straßen des kleinen Städtchens, die spitzen Giebel der alten Häuser, und hüllte auch Hügel und Felder in ein weißes Gewand ein.

Melitta Winkler stand am Fenster des kleinen Salons, der nach der Straße zu gelegen war, und schaute ehrlich erfreut hinaus in diese fleckenlose Pracht.

„Wenn der Schnee nur liegen bleiben wollte," dachte sie mit leiser Sorge, und warf einen prüfenden Blick auf das am Fensterkreuz angebrachte Thermometer.

„Drei Grad Kälte. Das geht! Vielleicht gibt's endlich wieder einmal weiße Weihnachten! Wie schön wäre das – wie schön!"

Dann ergriff sie das Staubtuch und setzte, ein Liedchen vor sich hinsummend, ihre Arbeit fort. Aber bald gab es eine neue Unterbrechung. Draußen schlug die Flurglocke an. Und deutlich hörte Melitta auch, wie sich jemand auf der Schwelle den Schnee von den Füßen durch festes Aufstampfen abschüttelte. Schnell eilte sie hinaus und öffnete.

„Ah – Herr Doktor – guten Morgen! Das ist nett von Ihnen, daß Sie mir in meiner Einsamkeit Gesellschaft leisten wollen. Bitte – treten Sie näher."

Timpsear spielte den Überraschten. Während er sich langsam den warmen Pelz auszog, sagte er verwundert:

„Einsamkeit, Fräulein Melitta? Wie soll ich das verstehen?"

„Aber, aber! Haben Sie's denn ganz vergessen, daß Onkel und Tante heute nach Berlin fahren wollten, um Weihnachtseinkäufe zu besorgen?! Gestern sprachen wir doch noch davon, Herr Doktor!" meinte das junge Mädchen scherzend.

„Richtig – richtig! Jetzt besinnen ich mich." Timpsear machte plötzlich ein recht unzufriedenes Gesicht. „Und sie sind wirklich gefahren?" fragte er dann.

„Vor einer Stunde mit dem zehn Uhr Zug," erwiderte Melitta und geleitete den Gast in das behaglich durchwärmte Zimmer des Hausherrn.

„Bitte – nehmen Sie Platz, Herr Doktor. So, und hier ist auch eine Zigarre. – Nein, nein, keine Widerrede! Sie müssen rauchen. Die Rücksicht auf mich wäre wirklich überflüssig."

Timpsear ließ sich mit leisem Seufzer in einen der Korbsessel fallen. Als die Zigarre brannte, sagte er zögernd:

„Eigentlich wollte ich Braumiller um eine Gefälligkeit bitten. Ich bin nämlich seit gestern abend so ein klein wenig Krüppel. – Da – sehen Sie –"

Er hob seine rechte Hand empor, deren Mittelfinger in einen Gazeverband gehüllt war.

Melitta, der das bisher entgangen war, erkundigte sich mit aufrichtigem Bedauern nach der Ursache der Verletzung.

„Die Schuld trage ich allein", meinte Timpsear. „Ich habe mir Säure über die Finger gegossen."

„Sie sprachen von einer Gefälligkeit, Herr Doktor. Kann ich Ihnen vielleicht irgendwie behilflich sein? Sie wissen – ich tue es gern, wenn es nur in meiner Macht steht."

Der Amerikaner nickte ihr gutmütig lächelnd zu.

„Daran zweifle ich nicht, liebes Kind. – Es handelt sich um einen eiligen Brief in deutscher Sprache, den Braumiller für mich schreiben sollte. Ich kann ja jetzt keinen Federhalter regieren."

„Darf ich da nicht einspringen? Meine Handschrift ist ja nicht gerade schön, dafür aber recht deutlich."

Timpsear zögerte etwas mit der Antwort.

„Gut, ich nehme mit Dank an," sagte er dann, „Nur muß ich Sie bitten die Sache vollkommen diskret zu behandeln. Es ist ein Schreiben, welches einem Freunde gewisse Anweisungen für Börsenspekulationen geben soll. Sie verstehen! Bei solchen Geschäften muß man vorsichtig sein."

„Ah, was das anbetrifft, so können Sie auf meine Verschwiegenheit rechnen. Ich werde zu niemandem von dem Brief sprechen."

Und mit größter Treuherzigkeit strecke sie Timpsear die Hand hin.

„Ich werde schweigen wie das Grab," erklärte sie ernst. „Darauf können Sie sich verlassen, Herr Doktor."

Wenige Minuten später saß Melitta an dem Schreibtisch ihres Onkels vor einem großen, weißen Bogen und wartete darauf, was Timpsear ihr diktieren würde.

„Bitte lassen Sie drei Finger breit am linken Rande frei. – So – Datum und Ort haben Sie?"

„Ja."

„Dann bitte: Lieber Edward! Dein letztes Schreiben setzte mich sehr in Erstaunen. Ihr hättet besser getan, wenn Ihr Kimberley-Aktien schleunigst verkauft haben würdet. Nach den mir zugegangen Nachrichten dürften die Papiere noch mehr fallen. Bringt sie schleunigst unter und engagiert Euch mehr in San Franzisco-Maschinen-Aktien. Ich gebe Euch bald weitere Anweisungen. Für meine Person kauft für dreißigtausend San Franziscoer. Sie müssen in nächster Zeit steigen. –

So, liebes Kind, nun lassen Sie bitte einen Finger breit Zwischen-raum, da jetzt lediglich persönliche Mitteilungen kommen. –

Sorgt euch nicht um mich. Ich halte es für das Beste für uns alle aus bestimmten Gründen, wenn ich eine Zeitlang ganz zurückgezogen lebe. Wirklich, ich habe nur unser Bestes und die Erhaltung meines Glücks im Auge. Gelangt nicht zu falschen Schlüssen aus meiner Handlungsweise. Der Tag wird kommen, an dem Ihr einsehen werdet, wie gut ich es mit Euch gemeint habe. Lebt wohl und auf ein freudiges Wiedersehen. –

So, liebes Kind, nun lesen Sie mir das Geschriebene nochmals vor."

Melitta tat's, und Timpsear schien befriedigt.

„Die Unterschrift und die Adresse werde ich schon selbst zustande bringen," meinte er. „Herzlichen Dank jedenfalls."

Vorsichtig faltete er jetzt den Bogen zusammen und schob ihn in die Tasche. Dann begannen sie von allerhand gleichgültigen Dingen zu plaudern.

Nach einer kurzen Pause im Gespräch sagte der Amerikaner plötzlich recht ernsten Tones:

„Fräulein Melitta, sie werden es mir nicht verargen, wenn ich aus ehrlicher Sorge um Ihre Person Ihnen – so eine kleine Vorhaltung mache. Ich habe in den letzten Tagen zweimal beobachtet, wie Sie Ihrem Verlobten auf dem Feldweg nach Waldhof nachmittags entgegengingen – beide Male nur in Ihr blaues Tuchkostüm gekleidet, obwohl da draußen ein scharfer Nordwind wehte. Sie besitzen doch einen dickgefütterten Mantel und eine Pelzstola! Weshalb tragen Sie die Sachen nicht! Ihre Gesundheit ist zart, das wissen Sie. Hören Sie auf meinen Rat: Kleiden Sie sich wärmer. Heute zum Beispiel ist es recht frisch draußen."

Melitta war wirklich gerührt.

„Ich werde folgsam sein, Herr Doktor," sagte sie lächelnd. „Es war lediglich – Eitelkeit, die mich bisher stets das Kostüm tragen ließ. Ernst gefällt es so sehr, und deshalb zog ich es den anderen Kleidungsstücken vor. Schon heute nachmittag können Sie mich im warmen Mantel und eingehüllt in die Pelzstola sehen. Ich habe meinem Verlobten versprochen, ihm gegen halb fünf nachmittags bis zum Hohlweg entgegenzugehen, und bei dieser Gelegenheit will ich beweisen, wie gehorsam ich sein kann."

Um des Amerikaners Mund spielte ein zufriedenes Lächeln. Für einen Moment hatten sich auch seine Lider wie im Triumph geöffnet, und ein Blick hatte Melitta getroffen, in dem es förmlich von teuflischer Bosheit funkelte.

Das junge Mädchen merkte nichts. Von den Abgründen, die die Seele dieses Mannes verbarg, ahnte ihr reines Gemüt nicht das Geringste.

Timpsear erhob sich. „Ich werde Sie nicht länger stören, Fräulein Melitta. Außerdem habe ich auch noch auf dem Bahnhof zu tun. – Wann kommen Ihre Verwandten zurück?"

„Nachmittags. Soll ich Grüße bestellen?"

„Bitte, wenn Sie so freundlich sein wollten. – Noch eins: Könnte ich ein Glas Wasser erhalten? Nein, danke wirklich! Wein oder Bier machen mich nur müde. Wasser genügt vollauf.“

„Melitta eilte nach der Küche, um das Gewünschte zu holen.

Diese Gelegenheit benutzte Timpsear. Mit hastigem Griff riß er von dem Löscher, den das junge Mädchen zum Abdrücken des Briefes benutzt hatte, das unterste Löschblatt ab, ballte es zusammen und steckte es in die Tasche.

„Man kann nicht vorsichtig genug sein,“ brummte er vor sich hin.

Gleich darauf verabschiedete er sich und schlug die Straße nach dem Bahnhof ein, um dem Spediteur den Auftrag zu geben, die für ihn eingetroffenen Kisten sofort nach der Brauer-Burg hinausschaffen zu lassen.

Nachdem er dies erledigt hatte, machte er sich auf den Heimweg. Einsam wie immer nahm er seine Mittagsmahlzeit ein. Nach Tisch rief er den alten Michalki in sein Arbeitszimmer.

„Sie werden um vier Uhr nach dem Kaffee mit Ihrer Frau zur Stadt gehen und diese Besorgungen machen, die ich hier auf den Zettel aufgeschrieben habe. Ich will heute abend im ‚Goldenen Löwen‘ essen. Sie brauchen sich also nicht zu beeilen, Michalki. Sollte noch etwas für die Wirtschaft fehlen, so mag Ihre Frau das Nötige auch gleich einkaufen. Hier sind dreißig Mark. Wir rechnen dann nachher ab.“

9. Kapitel
Wo ist Melitta?

Am Morgen dieses selben Tages hatte Ernst Mackentun eine Depesche erhalten, die um sieben Uhr früh in Berlin aufgegeben war und deren kurzer Inhalt folgendermaßen lautete:

,Treffe mittags in Buckow ein. Bitte abholen. Gruß Meinhard.'

Die Begrüßung zwischen ,Oberleutnant a.D. Georg Meinhard' und dem jungen Gutsbesitzer auf dem Bahnsteig war überaus herzlich. Mackentun hatte sich jetzt völlig in die Rolle des ,alten Freundes' hineingefunden, schob seinen Arm in den des monokelbewaffneten Detektivs und geleitete den Gast zu dem wartenden Wagen.

Unterwegs sprachen die beiden auch nicht ein Wort von der Angelegenheit, die ihre ganzen Gedanken in Anspruch nahm. Es war wie eine stillschweigende Übereinkunft zwischen ihnen. Beide fühlten eben, daß das offene Gefährt mit dem Kutscher auf dem Bock nicht der Ort war, um Dinge von solcher Wichtigkeit zu verhandeln.

Im Gutshause von Waldhof wurde dann zunächst in aller Behaglichkeit Mittag gegessen. Freilich wollte es Mackentun doch bisweilen nicht so recht gelingen, auf den harmlosen Plauderton seines Freundes einzugehen, der wirklich so tat, als sei er lediglich zum Vergnügen von Berlin herüber gekommen. Aber Fritz Schaper besaß eine so bezwingende Art, die zeitweise deutlich merkbare nervöse Ungeduld seines Wirtes zu meistern, daß dieser sich notwendig fügen mußte und mitunter wirklich völlig vergaß, daß fraglos eine bedeutsame Unterredung seiner wartete.

Endlich reichte der Diener Zigarren und stellte das brennende Spirituslämpchen auf den Tisch. Der Gutsbesitzer atmete auf. Jetzt würde seine Neugier, seine Spannung endlich befriedigt werden.

Die Herren begaben sich in dasselbe Gemach, in den sie seinerzeit den Vorfall mit dem geknickten Peitschenstil erörtert hatten.

„Belauscht können wir hier doch nicht werden?" fragte der Detektiv mißtrauisch. Und fügte erklärend hinzu: „Was ich Ihnen heute mitzuteilen habe, ist nämlich weit schwerwiegender als alles, was wir bisher über den Amerikaner verhandelt haben. Da ist meine Vorsicht begreiflich. Ein Verrat würde uns um die Früchte unserer ganzen bisherigen Arbeit bringen."

„Ich kann ja zur Sicherheit die Türen der nebenanliegenden Zimmer verschließen. Dann bleibt nur der Ausgang nach dem Korridor," meinte Mackentun bereitwilligst, obwohl ihm diese übertriebene Ängstlichkeit beinahe komisch berührt.

Dann nahmen sie an dem mit Büchern und Zeitschriften bedeckten Mitteltische Platz.

„Sie werden sich gewundert haben," begann Schaper, sich bequem in seinem Sessel zurücklehnend, „daß ich Ihnen auf Ihren langen Bericht, der vor einer Woche bei mir eintraf, noch keine Antwort zukommen ließ. Ich wollte mir jedoch erst über einen Punkt Aufklärung verschaffen, bevor ich Ihnen Nachricht gab, nämlich darüber, welcher Art die Beziehungen zwischen Timpsear und dem in Ihrem Brief erwähnten Gottfried Häusler seien. Die Sache mit den Kisten kam mir ebenfalls sehr verdächtig vor. An die Standuhren, die darin verpackt sein sollten, glaubte ich ebensowenig wie Sie und der – schwerhörige Michalki. Kurz, ich habe durch zwei von meinen Leuten den Häusler, der nebenbei Totengräber des Kolonie-Kirchhofs ist, heimlich –"

Mackentun gab es ordentlich einen Ruck durch den Körper, als er das eine Wort hörte.

„Totengräber?!" unterbrach er den Detektiv ungläubig.

„Allerdings. Genau so überrascht wie Sie war auch ich, als ich dies aus dem Adreßbuch feststellte. – Also diesen Herrn Totengräber, der Standuhren versendet, nahm ich mir aufs Korn. Tag und Nacht ließ ich ihn ,beschatten', wie wir das ständige Beobachten eines Menschen nennen und ich hatte Glück. Dieser Häusler mit dem frommen Vornamen Gottfried ahnte nicht, daß meine Vigilanten ihn auf Schritt und Tritt verfolgten. In einer der letzten Nächte nun belauschte einer meiner Leute, der über die Kirchhofsmauer geklettert war, den Häusler und einen zweiten Mann beim – Einpacken einer neuen Standuhr, die sie vorher aus einem frischen – Grabe herausgeholt hatten."

Mackentun starrte den Detektiv entsetzt an.

„Also – Leichenräuber! Ich verstehe," brachte er nur mühsam hervor.

„Allerdings – nichts anderes. Die beiden Männer legten die Leiche in dem Geräteschuppen des Friedhofs in eine bereitstehende Kiste, füllten die Zwischenräume mit Heu aus und nagelten dann den Deckel und zwei feste Zinkblechbänder auf. Mit einem Handwagen brachten sie dann die Kiste in die Wohnung des anderen Mannes, der der Gehilfe des Totengräbers ist und am Südende der Grotiusallee wohnt.

Von hier wurde die ‚Standuhr' am folgenden Tage von einer Speditionsfirma mit einem Lastwagen abgeholt, und sie dürfte inzwischen bereits hier in Buckow sein."

Der junge Gutsbesitzer fuhr sich wie geistesabwesend mit der Hand über die Stirn.

„Ich – ich begreife das alles nicht! Ja – mir schwirrt förmlich der Kopf! Wozu braucht denn Timpsear die Leichen? Sollte er etwa Arzt sein und – – ich werden daraus nicht klug."

„Meines Erachtens gibt es nur diese eine Erklärung. Timpsear ist Arzt und benutzt die Körper zu irgend welchen Untersuchungen," sagte Schaper bestimmt.

Die beiden Herren schwiegen einen Augenblick. Jeder hing seinen eigenen Gedanken nach. Und dann nannte Mackentun zögernd einen Namen – so zögernd, als scheue er sich, den Schleier von einem grausigen Rätsel zu ziehen.

„Und – Emma Markwart –?"

Der Detektiv nickte trübe vor sich hin.

„Auch ich habe soeben an das arme Weib gedacht," erklärte er. „Trösten wir uns damit, daß auch in diesem Falle baldigst der Spruch zur Wahrheit werden wird:

‚Die Rache ist mein. Ich will vergelten,' spricht der Herr."

„Also sind jetzt auch Ihre letzten Zweifel zerstreut, daß das Mädchen – schändlich hingemordet ist?" meinte der junge Gutsbesitzer in einem Ton, den ebenso stark das Mitgefühl wie die stille Wut durchzitterte.

„Ja," erwiderte Fritz Schaper einfach. „Ebenso wie auch Sie ein Opfer dieses Schurken werden sollten, freilich aus anderen Motiven. Sie sollten beseitigt werden, weil er fürchtete, daß der geheimnisvolle Hilferuf ihr Mißtrauen geweckt habe."

„Nun, ich habe ihm schnell gezeigt, wie harmlos ich bin," lachte Mackentun drohend auf. „Geschauspielert habe ich in einer Weise, als hätte ich von Jugend an das Heucheln erlernt. Jetzt hält er mich fraglos für den einfältigsten Menschen auf der Welt, der sich wie ein Kind beschwindeln läßt. Mag er. Er wird bald genug eines Besseren belehrt werden!"

„Allerdings! Und seine Überraschung wird um so größer sein," sagte der Detektiv ingrimmig.

Wieder entstand eine kurze Pause.

„Glauben Sie nun genügend Beweismaterial gegen Timpsear beisammen zu haben, um ihn mit Hilfe der Polizei entlarven zu können?" fragte Ernst Mackentun darauf.

„Das ist nicht so leicht zu beantworten," entgegnete Schaper nachdenklich. „Gewiß – des Leichenraubes ist er so gut wie überführt. Aber hinsichtlich der Markwart – ob wir ihm da beikommen können, halte ich für sehr zweifelhaft. Wenn er zum Beispiel die Leiche beiseite geschafft hat, ist ihm schwer etwas zu beweisen. Eigentlich habe ich mir einen anderen Plan zurechtgelegt, der hoffentlich Ihre Billigung findet. Ich möchte Sie bitten, mir heimlich eine Unterredung mit dem früheren Gemeindediener, dem Michalki, zu verschaffen. Wir könnten den Mann mit Geld bestechen, daß er mich einmal in Timpsears Abwesenheit in die Brauer-Burg einläßt. Eventuell verberge ich mich dort auch ein paar Nächte lang, um dem Amerikaner nachzuspionieren. Das Nähere müssen die Umstände ergeben. Die Hauptsache bleibt, daß ich überhaupt unauffällig in das Gebäude hinein gelange. Ich verspreche mir davon sehr viel. Jedenfalls würde ich mich auf diese Weise überzeugen können, was der Fremde in den Kellern nächtlich treibt."

Mackentun schüttelte bedenklich den Kopf.

„Dürfte ein solches Unternehmen nicht allzu gewagt sein?!" meinte er ehrlich. „Ich halte den Amerikaner jeder Tat für fähig. Wie, wenn er Sie entdeckt und –"

Schaper klopfte mit der Hand ruhig gegen die linke Seite seines eleganten Rockes.

„Nein, eine Gefahr für mich ist mit einem heimlichen Besuch in der Brauer-Burg kaum verbunden!"

Die beiden Herren verabredeten dann noch, daß Schaper den Gutsbesitzer nachher zur Stadt begleiten sollte.

„Meine Braut will mir ein Stückchen auf dem Feldwege entgegenkommen. Da wird sie dann gleich meinen ‚alten Freund' persönlich kennen lernen, von dem ich ihr bereits so einiges erzählt habe," sagte Mackentun scherzend.

„Ich freue mich auf diese Begegnung," erwiderte Fritz Schaper mit leichter Verbeugung.

Beide ahnten nicht, daß dieses Zusammentreffen unter mehr als außergewöhnlichen Umständen stattfinden sollte.

Der Wagen hielt vor dem Braumillerschen Hause. Mackentun sprang als erster heraus. Und während er seinem Gast höflich beim Aussteigen behilflich war, sagte er erregt und offenbar in gewisser Unruhe:

„Ich begreife nicht, daß wir Melitta nicht begegnet sind. Sie ist stets so sehr pünktlich und hält jede Verabredung auf das genaueste ein. Hoffentlich ist sie nicht krank –"

„Wir haben uns etwas verspätet. Vielleicht ist sie inzwischen heimgekehrt, eben in der Annahme, daß Sie irgend eine Abhaltung hätten," tröstete Schaper nun schon zum soundsovielten Male.

Doch der junge Gutsbesitzer hörte kaum hin. Nachdem er seinem Kutscher zu warten befohlen hatte, sprang er die wenigen Stufen zu der Haustür empor und zog ungestüm die Klingel.

In demselben Moment schlug es von der nahen Kirche viertel sechs.

Rat Braumiller, der soeben erst mit seiner Gattin von der Bahn zurückgekehrt war, öffnete selbst die Tür. Auf Mackentuns Frage, ob Melitta daheim sei, schüttelte er den Kopf und meinte, mit dem Finger drohend: „Kinder, macht doch mit Eurem von der Berliner Fahrt halbtoten Onkel nicht solche Scherze! Die Kleine sitzt doch sicher noch im Wagen –"

Da bemerkte er den Detektiv, der jetzt, den Hut ziehend, näher trat. Mackentun stellte die Herren hastig vor und sagte dann, jetzt wirklich in Sorge:

„Wir haben Melitta tatsächlich nicht getroffen. Wo kann sie denn nur sein? Ob sie unsere Verabredung vergessen hat?"

Braumiller nötigte die beiden, bevor er antwortete, in den Flur und drückte die Tür ins Schloß.

„Vergessen? – Ausgeschlossen," meinte er. „Melitta sagte uns noch heute vormittag beim Abschied, daß wir uns nicht wundern sollten, wenn wir sie bei unserer Rückkehr nicht vorfänden, da sie Ihnen, lieber Mackentun, bis an den Hohlweg entgegen gehen wollte."

Der Gutsbesitzer schaute fragend auf den Detektiv.

„Wie wär's, wenn wir nochmals den Feldweg ein Stück zurückfahren würden," schlug Schaper vor, obwohl ihm die Angst Mackentuns um den Verbleib des jungen Mädchen etwas übertrieben schien.

Gleich darauf rollte der Wagen mit den beiden Herren davon. Rat Braumiller aber begab sich zu seiner Gattin in das Wohnzimmer.

„Denk dir, Antonie, Ernst und Melitta haben sich verfehlt. Und nun ist der gute Mackentun in solcher Besorgnis, als könnte dem Kind weiß Gott was passiert sein. – Er muß sie doch sehr, sehr lieb haben," fügte er beinahe gerührt hinzu.

In demselben Augenblick schrillte die Flurglocke.

„Vielleicht ist's Melitta," rief Braumiller aufatmend und trippelte eilig hinaus.

Die Rätin lauschte. Nein – das war eine Männerstimme. Jetzt erkannte sie das Organ. Doktor Timpsear war es, kein anderer.

„Herr Doktor," sagte Frau Antonie, nachdem sie sich herzlich die Hand geschüttelt hatten, „sind Sie vielleicht Melitta begegnet? Mackentun sucht sie wie eine Stecknadel, und mein Alter tut auch so, als ob sie plötzlich durch die Luft davon geflogen wäre."

Timpsear lachte gutmütig vor sich hin.

„Hier muß man wirklich fragen, wer wohl das kleine Fräulein mehr liebt – der Onkel oder der Bräutigam. Wer so von sorgender Aufmerksamkeit umgeben wird, hat's gut. – Nein, ich habe Fräulein Melitta nicht getroffen. Wo steckt sie denn?"

„Ja, wenn wir das wüßten," brummte Braumiller ärgerlich. „Der Mackentun hat mich wahrlich mit seiner Angst angesteckt," fügte er hinzu und ging in sein Arbeitskabinett hinüber, um dort die Lampe anzuzünden.

Timpsear folgte ihm und setzte sich in einen der Korbsessel.

Der Rat hatte gerade die Flamme der Hängelampe höher geschraubt, als er mitten auf der Decke des Tisches einen Zettel wahrnahm.

„Nanu – was ist das? – Melittas Handschrift?"

Eilig überflog er die wenigen Zeilen, die auf dem Papier standen. Dann sank er mit einem ächzenden Laut auf den nächsten Stuhl. Nur noch ein klägliches ‚Antonie, Antonie!' vermochte er auszustoßen.

Die Tür war offen geblieben. Und augenblicklich stürzte die Rätin herein.

„Da – da lies – lies!" stotterte Braumiller, dessen Gesicht ganz fahl geworden war.

Auch der Amerikaner hatte sich erschreckt erhoben und war neben Frau Antonie getreten. Gemeinsam blickten sie auf das verhängnisvolle Blatt Papier. Dort stand in Melittas klarer, deutlicher Schrift:

,Sorgt Euch nicht um mich. Ich halte es für das Beste für uns alle – aus bestimmten Gründen, wenn ich eine Zeitlang ganz zurückgezogen lebe. Wirklich, ich habe nur unser Bestes und die Erhaltung meines Glücks im Auge. Gelangt nicht zu falschen Schlüssen aus meiner Handlungsweise. Der Tag wird kommen, an dem Ihr einsehen werdet, wie gut ich es mit Euch gemeint habe. Lebt wohl, und auf ein freudiges Wiedersehen.'

10. Kapitel
Timpsears Lächeln

Bald darauf kehrten Mackentun und Schaper unverrichteter Sache zurück. Sie waren nochmals bis zu dem Hohlweg gefahren, hatten jedoch von Melitta keine Spur entdeckt. Ein Gutes hatte diese Fahrt aber doch gehabt. In einer Seitenstraße war der Wagen an dem Ehepaar Michalki vorüber gerollt, und Mackentun hatte sofort halten lassen und den früheren Gemeindediener gebeten, er möge sich nach einer Stunde auf dem Markte vor der Kirche zu einer kurzen Besprechungen einfinden, was der Alte, durch einen Taler gefügig gemacht, auch bereitwilligst zusagte, indem er erwähnte, sie hätten heute frei, da der Doktor abends in der Stadt zu speisen gedenke.

Als die beiden Herren das Braumillersche Haus abermals betraten, fiel ihnen sofort das verstörte Gesicht des Rechnungsrates auf, der ihnen öffnete.

Und dann erfuhr Mackentun die ganze, niederschmetternde Wahrheit. Bleichen Angesichts, völlig fassungslos, las er Melittas merkwürdigen Abschiedsbrief. Hilfesuchend, halbirren Blickes schaute er auf den, von dem er allein erfolgreiche Unterstützung dieser rätselhaften Sachlage gegenüber erhoffte. Fritz Schaper fing den Blick auf, und obwohl ihm der junge Gutsbesitzer aufrichtig leid tat, sagte er leicht schnarrenden Tones, seiner Rolle, die er hier spielte, getreu:

„Unverständlich, total unverständlich, diese Handlungsweise, lieber Mackentun. Sieht ja gerade so aus, als ob Fräulein Braut die Stadt verlassen hat."

Und zu Timpsear gewandt, dem er sich in der allgemeinen Verwirrung mit einem kurzen ‚Oberleutnant Meinhard!' vorgestellt hatte, fügte er hinzu:

„Nehme als alter Freund Mackentuns wärmsten Anteil an dem peinlichen Vorkommnis. Wird Ihnen nicht anders gehen, Herr Doktor."

Mit vielen, sehr aufrecht klingenden Worten pflichtete der Amerikaner ihm bei.

„Also Sie glauben wirklich, daß Melitta gar nicht mehr in Buckow weilt, Meinhard?" fragte der junge Gutsbesitzer mit verzweifeltem Gesicht.

Der angebliche Oberleutnant reinigte sich eben mit seinem seidenen Taschentuche das Monokel.

„Das Schreiben ist wohl kaum anders aufzufassen – soweit ich das beurteilen kann," erklärte er. „Wie denken Sie darüber, Herr Rat?"

Braumiller antwortete überhaupt nicht. Völlig gebrochen saß der kleine Herr auf seinem Stuhl und wiegte mechanisch den kahlen Kopf hin und her.

Mackentun war ebenso ratlos wie die anderen. Nur einer des kleinen Kreises beherrschte die Situation. Der aber hüllte sich vorläufig in Schweigen.

Schließlich meinte Timpsear mit seiner einschmeichelnden Stimme:

„Das richtigste wäre wohl, wenn man sofort eine genaue Beschreibung der jungen Dame nach Berlin telegraphierte und zwar an das Polizeipräsidium, damit dort nach Melittas Verbleib geforscht wird. Ich nehme ebenfalls an, daß Sie sich nach der Reichshauptstadt gewandt hat, wo ein Mensch sich ja am leichtesten verbergen kann."

Mackentun äußerte jedoch allerhand Bedenken. Erst als sein Freund Meinhard den Vorschlag des Amerikaners ebenfalls als den angemessensten erklärte, stimmte er zu, worauf er sich auch sofort mit dem ‚Oberleutnant' nach dem Postamt begab.

Als die beiden ein Stück die Straßen entlang gegangen waren, mäßigte der Detektiv seine Schritte und sagte bestimmten Tones:

„So – nun können wir die Masken fallen lassen. Die Depesche wird natürlich nicht abgeschickt. Denn Ihre Braut befindet sich fraglos noch hier in Buckow."

Mackentun blieb wie angewurzelt stehen.

„Woher wissen Sie das?"

„Ich habe Timpsear vorhin genau beobachtet, als wir dieses seltsame Verschwinden Ihrer Braut besprachen. Zweimal bemerkte ich ein höhnisches Grinsen, das blitzartig sein Gesicht verzerrte. Und zwar beide Male, als ich dafür eintrat, daß die junge Dame Buckow verlassen haben werde. Der Schurke ahnte nicht, daß ich jede seiner Mienen so scharf im Auge behielt. –

Doch lassen Sie uns weitergehen. Meinetwegen können wir ja auch zur Post wandern. Vielleicht ist es auch besser. Möglich, daß Timpsear uns nachschleicht. Aber – drehen Sie sich nicht um, auf keinen Fall! Nachher treten Sie allein in die Post ein und bleiben dort ein Weilchen. Ich warte draußen und kann so leicht feststellen, ob der Amerikaner hinter uns her ist."

Sie setzten den Weg fort.

„Und wo, meinen Sie, befindet sich Melitta?" fragte Mackentun dann mit vor Erregung leicht belegter Stimme.

„In der Brauer-Burg," entgegnete Schaper ernst, fügte aber schnell hinzu: „Trotzdem liegt noch kein Anlaß vor, wegen des Schicksals Ihrer Braut in Sorge zu sein. Noch heute soll das alte Gebäude seine Geheimnisse hergeben – noch heute!"

Mackentun stöhnte auf. „Ich glaube nicht daran, daß Melitta in jenem Hause ist. Denken Sie doch an den Abschiedsbrief. Und – nie wäre sie freiwillig zu Timpsear gegangen, nie und nimmer, wo ihr guter Ruf auf dem Spiel steht!"

„Abschiedsbrief?!" meinte der Detektiv ironisch „der ist entweder gefälscht oder auf eine andere unlautere Weise zustande gekommen. Fiel es Ihnen denn gar nicht auf, daß Datum und Unterschrift fehlten?"

„Aber es ist doch Melittas Handschrift, ganz unverkennbar," erklärte Mackentun hartnäckig.

„Gut. Das werden wir schon noch aufklären – was nun aber die Frage betrifft, wie Ihre Braut in die Brauer-Burg gekommen ist, so haben Sie übersehen, daß sie heute nachmittag Ihnen auf dem Feldwege entgegen ging und dabei dicht an dem alten Hause vorüber mußte. Timpsear kann es nicht schwer gefallen sein, sie unter einem Vorwand in das Gebäude zu locken."

„Sie haben recht," keuchte der Gutsbesitzer. „Das wäre eine Möglichkeit. Wenn der Elende ihr etwas angetan haben sollte – ich – ich –"

„Beruhigen Sie sich bitte. Ihr ist nichts passiert. Timpsear wird sie nur zu irgendwelchen Zwecken vorläufig gefangen halten. Im übrigen spricht für meine Annahme, daß er Ihre Braut durch irgend einen Schwindel in sein Heim gelockt hat, auch der Umstand, daß die Michalkis heute seit vier Uhr beurlaubt sind. Mit einem Wort: Timpsear wußte, daß das junge Mädchen ihm heute in die Falle gehen würde und hatte dazu alle Vorbereitungen getroffen. So nehme ich weiter noch mit Bestimmtheit an, daß er sich auch absichtlich bei Braumiller eingefunden hat, um Zeuge zu sein, welche Vermutungen an das Verschwinden Ihrer Braut geknüpft wurden. Und er war es dann auch, der die Sache sofort von hier nach Berlin hinüberspielen wollte durch seinen Vorschlag, dort nach der Vermißten suchen zu lassen."

Inzwischen waren sie vor dem Postamt angelangt. Mackentun ging hinein, während der Detektiv auf der Straße wartete.

Nachher konnte Schaper dem bedauernswerten Gutsbesitzer bestimmt versichern, daß die Luft rein und Timpsear ihnen nicht gefolgt sei.

„Hören Sie nun, was ich vorhabe," sagte er dann. „Wir kehren jetzt zu Braumiller zurück, verabschieden uns aber sofort wieder, angeblich, weil wir, da wir hier doch nichts helfen können, nach Waldhof hinausfahren wollen. Sollte Timpsear noch bei Braumiller sein, so müssen wir festzustellen versuchen, wohin er sich später begibt. Kehrt er im ‚Goldenen Löwen' ein, so wird er dort auch fürs erste bleiben. Am wichtigsten ist, daß wir die Verabredung mit Michalki nicht versäumen. Weshalb, werden Sie schon sehen. – Nun ans Werk." –

Timpsear hatte das Haus des Rechnungsrates schon verlassen und war zum Stammtisch gegangen. Die beiden Herren hielten sich daher bei Braumiller nicht lange auf. Als sie wieder auf der Straße standen, schlug die Kirchturmuhr viertel sieben.

„Höchste Zeit, daß wir uns zu dem Rendezvous begeben," meinte Schaper. „Schnell nach dem Markt. Bei der Rücksprache mit dem Alten führe ich das Wort, wenn Sie gestatten."

Der ehemalige Gemeindediener schritt an der verabredeten Stelle schon wartend auf und ab.

Schaper erledigte die Sache dann mit einer Energie und einer Kürze, die Mackentun die größte Hochachtung abnötigte.

„Daß Ihr Ohrenleiden sich wesentlich gebessert hat, wissen wir," begann der Detektiv ohne Umschweife. „Ich habe also nicht nötig, meine Stimme besonders anzustrengen. Haben Sie mich verstanden?"

Der Alte nickte.

„Sie werden uns jetzt sofort nach der Brauer-Burg begleiten," fuhr Schaper fort. „Der Doktor Timpsear ist ein Verbrecher, den ich entlarven will. Ich komme aus Berlin und bin Detektiv."

Michael riß die Augen erschreckt auf.

„Detektiv?" fragte er unsicher. „Und mein Herr ein Verbrecher?"

Forschend schaute er den ihm wohlbekannten Gutsbesitzer an, als ob dieser ihm die Worte des fremden Herrn bestätigen sollte.

„Der Herr sagt die Wahrheit," erklärte Mackentun kurz. –

Schaper wollte sicher gehen und schickte Mackentun zunächst noch in den ‚Goldenen Löwen', damit dieser sich überzeuge, ob Timpsear wirklich im Honoratiorenstübchen sitze.

„Kaufen Sie zum Schein eine Flasche Kognak," meinte er. „Und beherrschen Sie sich. Seien Sie liebenswürdig zu dem Schurken, falls er Sie anspricht. Lange wird die Komödie ja nicht mehr dauern."

Nach fünf Minuten war Mackentun zurück und brachte den Bescheid, daß der Amerikaner sich soeben ein Beafsteak bestellt habe.

„Sehr gut. Dann haben wir freie Bahn," meinte Schaper hochbefriedigt. „Vorwärts denn!"

11. Kapitel
In der Brauer-Burg

Schweigend schritten die drei Männer durch die notdürftig erhellten Straßen. Michalki mußte tüchtig ausgreifen, um mit den beiden Herren, die die Ungeduld vorwärts trieb, mitzuhalten.

Als man die Stadt hinter sich hatte, gab Schaper, der sich inzwischen einen Feldzugsplan zurecht gelegt hatte, seine näheren Befehle.

„Wenn wir bei dem Hause angelangt sind, gehen Sie vor, Michalki, und sperren die Hunde ein. Während wir dann unsere Nachforschungen im Keller beginnen, bleiben Sie an der Gartenpforte stehen und passen auf, ob der Doktor etwa vorzeitig zurückkehrt. Bemerken Sie ihn, so laufen Sie schnell in das Haus und melden uns seine Ankunft. Damit er nicht Argwohn schöpft, lassen Sie die Hunde, wenn wir erst im Gebäude sind, wieder heraus. – Verstanden?"

„Jawohl, Herr. Sie sollen mit mir zufrieden sein."

„Schön. – Noch eine Frage. Hat Timpsear nicht in den letzten Tagen eine neue Kiste erhalten?"

„Ja. Heute nach dem Essen brachte der Spediteur eine."

„Und sie wurde wieder in den Keller geschafft?"

„Nein. Der Doktor ließ sie in sein Arbeitszimmer stellen. Dort hat er sie eingeschlossen."

Jetzt tauchte vor den dreien eine dunkle Masse aus der hellen Schneelandschaft auf. Es war das kleine Tannengehölz, hinter dem die Brauer-Burg lag.

Mackentun entfuhr ein leiser Seufzer.

„Was wird die nächste Stunde bringen?!" meinte er angstvoll.

„Die Gewißheit, daß Ihre Braut lebt," erwiderte Schaper tröstend. Dabei war er jedoch hiervon innerlich gar nicht so fest überzeugt, als er sich den Anschein gab.

Michalki ließ die beiden Herren dann wie verabredet durch die Hintertür in das Haus. Er hatte in der Küche die Lampe mit dem Blechscheinwerfer angezündet und wollte sich nun auf seinen Posten an der Gartenpforte begeben. Doch Schaper hielt ihn noch zurück.

„Besitzen Sie einiges Handwerkszeug?" fragte er.

„Ja, dort in der Kiste befindet sich alles, was man so im Haushalt braucht."

„Gut. Dann können Sie gehen. Und passen Sie genau auf, damit der Doktor uns nicht überrascht."

Michalki verschwand, nachdem er sich seinen dicken Schafpelz übergezogen hatte.

„Wir können beginnen," meinte der Detektiv geschäftsmäßig zu Mackentun, der sich nicht genug über diese zielbewußte Ruhe wundern konnte. „Leuchten Sie mir bitte mal. Wollen sehen, was wir an brauchbaren Geräten entdecken. – So – dieses kleine Brecheisen, die Feile und den Hammer nehmen wir mit."

Schaper steckte sich die Sachen in die Taschen seines eleganten Paletots.

Da ihm Michalki vorher die Lage der Zimmer beschrieben hatte, befanden sie sich bald in Timpsears Arbeitsraum. Die Schlösser der Türen waren von dem Detektiv ohne Schwierigkeit mit einem kleinen, einem Nachschlüssel ähnlichen Instrument, das er am Schlüsselring trug, geöffnet worden.

„Ah – da steht ja eine Spiritusglühlichtlampe. Die wird uns bessere Dienste leisten als diese Petroleumleuchte. Wenn Sie mit dem Ding umzugehen verstehen, Mackentun, so zünden Sie es bitte an. Ich will inzwischen zusehen, ob ich nicht die Kiste öffnen kann."

Diese stand in einer Ecke des Zimmers auf dem Fußboden. Während der Gutsbesitzer noch mit der Lampe beschäftigt war, hörte er schon das Krachen des Deckels, der dem Brecheisen nicht lange zu widerstehen vermochte.

Dann sagte Schaper plötzlich mit leise vibrierender Stimme:

„Wenn Sie starke Nerven haben, kommen Sie einmal her. Für jeden ist der Anblick einer Leiche freilich nichts –"

Mackentun überlief ein Schauder. Er zögerte. Aber er mochte sich vor dem anderen nicht diese Blöße geben.

So trat er denn neben Schaper, der mit der Petroleumlampe in der Hand vor der Kiste stand, deren Deckel zurückgeschlagen war. Von dem Toten war nur das Gesicht und ein Teil der Füße zu sehen. Den übrigen Körper bedeckte eine dicke Schicht Heu. Der Anblick war daher auch bedeutend weniger schrecklich, als Mackentun befürchtet hatte.

„Sir Ernest Bromwell, zweiter Sekretär des englischen Konsulats in Berlin," sagte der Detektiv leise. „Auch das haben meine Leute festgestellt."

„Der Herr kann noch nicht alt gewesen sein," preßte Mackentun hervor, nur um irgend etwas zu sagen.

„Einunddreißig," erklärte Schaper, bückte sich, drückte den Deckel wieder zu und trieb einen der Nägel in das Holz, damit er nicht von selbst wieder aufsprang.

„Bromwells Angehörige ahnen auch nicht, wo sich die sterblichen Überreste ihres Verwandten jetzt befinden," sagte er hart. „Doktor Timpsear wird einen bösen Stand vor den deutschen Gerichten haben, fürchte ich," setzte er drohend hinzu.

Dann begaben sie sich in den Hausflur zu der so sorgfältig gesicherten Kellertür. Mit sachkundigem Blick prüfte Schaper die Schlösser. Mackentun hielt indes die Lampe.

„Da wir unbeschadet Lärm machen können, wollen wir, um schneller ans Ziel zu kommen, ruhig Gewalt anwenden," meinte der Detektiv, zwängte die flache Spitze des Brecheisens zwischen Schloß und Riegel und drückte die Stahlstange mit einem Ruck nach unten. Ein Krach von splitterndem Metall, und das Patentschloß lag am Boden.

In wenigen Minuten war der Eingang zu den Gewölben frei.

„Sie meinen wirklich, daß Melitta sich da unten befindet?" fragte der junge Gutsbesitzer, indem er bleichen Antlitzes in den Keller hinab starrte, aus dem ihnen eine feuchte, muffige Luft entgegen schlug.

Schaper war jetzt selbst unsicher geworden. Auch ihm erschien es undenkbar, daß Timpsear das junge Mädchen in diesen von solcher kalten Moderluft angefüllten Gewölben verborgen halten könne.

„Wir werden ja bald Bescheid wissen," erwiderte er daher ausweichend, nahm Mackentun die Lampe ab und schritt voran, die Treppe hinunter.

Wild klopfenden Herzens folgte der Gutsbesitzer ihm. Der Schall ihrer Tritte halte in den weiten Kellern mit nervenaufreizender Stärke wider. Gespenstisch zuckte der Schein der Glühlampe über die Mauern hin.

Langsam durchmaßen sie einen Raum nach dem andern. Sie fanden nichts. Immer unmutiger krauste sich Schapers Stirn. Seine Blicke musterten die Wände und den mit Ziegeln ausgelegten Boden aufs genaueste. Nichts entging ihm. Bisweilen blieb er stehen und schien die Stärke der Mauern zu prüfen.

Mackentun wurde immer nervöser. Seine Hand, die die Lampe hielt, zitterte wie im Fieberfrost. Allerhand Fragen richtete er an den Detektiv, der ihm nichts zu antworten wußte.

So waren sie bis zum letzten der Gewölbe gelangt, in dem die halbverstaubten Bottiche und Fässer standen. Auch hier nichts, nicht die geringste verdächtige Spur, kein Anzeichen, daß jemand in diesem Raume lichtscheue Dinge getrieben hätte.

Dann machten sie sich an den Rückweg. Nochmals wurde jedes Gelaß abgeleuchtet, eingehender als beim ersten Mal.

„Ich werde noch verrückt über dieser Sache," stieß Mackentun, schon am Ende seiner Kräfte hervor und lehnte sich schwer gegen die Wand des Mittelganges. Die Lampenglocke klirrte jetzt so laut, daß Schaper schleunigst zugriff und die Leuchte an sich nahm.

„Sie müssen sich aufraffen, müssen!" bat der Detektiv eindringlich. „Nur Geduld! Wir werden finden, was wir suchen. – Bleiben Sie hier stehen. Ich will allein –!

Plötzlich stutzte er.

„Sollte mich meine Nase wirklich so täuschen?" stieß er hervor und brachte den Kopf ganz dicht an die rechte Seitenwand des Ganges.

„Hier riecht's nach Kampher – ohne Frage. Kommen Sie, überzeugen Sie sich –"

Schon stand Mackentun neben ihm.

„Sie haben recht – das ist Kampfer," bestätigte er lebhaft.

Schaper begann nun die Wand beinahe wie ein Schweißhund, der eine Fährte sucht, abzuriechen. Überall schnüffelte er umher, sog die Luft prüfend ein.

„Merkwürdig," sagte er dann, „nur an dieser einen Stelle spüre ich den Kampfergeruch. Gerade hier am deutlichsten, wo sich zwischen den Ziegeln ein etwas breiterer Spalt befindet. Sollte etwa –"

Und angeregt durch den eben in ihm aufgetauchten Gedanken, trat er bis an die andere Wand zurück und ließ das Licht voll auf die betreffende Stelle fallen.

Einen Augenblick war es lautlos still in den feuchtkalten Gewölben, so still, daß Mackentun das Klopfen seines eigenen Herzens hörte.

Und dann – dann – – beider Köpfe fuhren hoch. Ihre Blicke begegneten sich. Mit blassen Gesichtern starrten sie sich an.

„Hören Sie?!" flüsterte Schaper kaum vernehmlich. „Das klang wie ein leises Stöhnen eben. Und hinter dieser Mauer schien's hervorzudringen."

Mackentun nickte matt. Wieder überkam ihn, dessen Nerven heute schon so furchtbar gefoltert worden waren, ein Schwächeanfall.

Abermals lauschten sie. Aber alles blieb still.

„Und doch haben wir uns nicht getäuscht," meinte der Detektiv. „Sehen Sie sich bitte mal die Mauer da recht genau an. Achten Sie auf die Farbe der Ziegel. Fällt Ihnen dabei nicht etwas auf?"

Mackentun nahm sich zusammen. Mit aller Gewalt sich aufraffend, prüfte auch er nun die verwitterten Steine, bohrte seine Augen förmlich in die Mauer ein. Und dann stieß er ein freudig überraschtes „Ich hab's!" aus.

„Und was sehen Sie?"

„Etwas wie ein helleres Viereck, das sich von der Umgebung abhebt," antwortete er hoffnungsfroh.

„Stimmt. Dieses länglich viereckige Stück ist offenbar aus anderen Steinen gefertigt, als die übrige Wand. Und hier – diese Fugen, die es umgeben, sozusagen einrahmen, sind tiefer als die anderen. Mithin dürften wir – den Eingang zu einem geheimen Gemach gefunden haben, und zwar mit Hilfe des Kampfergeruches, der daraus bis zu uns vordringt."

Schon hatte Schaper sein Taschenmesser gezogen und fuhr nun mit der großen Klinge desselben die betreffenden Mauerfugen entlang.

„Keine Spur von Mörtel darin," sagte er eifrig. „Es ist also bestimmt eine verborgene Tür, vor der wir stehen. Nur den Mechanismus müssen wir noch suchen, mit dessen Hilfe wir sie öffnen können."

Erneut glitten des Detektivs scharfe Augen über die Mauer hin. Mackentun hielt wieder die Lampe. Das Messer bohrte sich prüfend bald in diese, bald in jene Öffnung ein, die irgendwie verdächtige erschien.

„Halt – hier dieses Loch – hören Sie – die Klinge fährt auf Metall entlang."

Schnell nahm Schaper die Feile zur Hand und schob sie in das Loch. Indem er sie schräg hielt, drückte und zog er gleichzeitig.

Ein leises Schnarren – das längliche Viereck bewegte sich – jedoch nach innen zu. Es war tatsächlich eine aus flachen Steinen in einem eisernen Rahmen gemauerte Tür, die sich in zwei verborgenen Angeln drehte und sich durch Druck auf den versteckten Riegel öffnen ließ.

Der Detektiv stieß sie jetzt vollends auf.

Eine bedeutende Wolke von Kampferduft quoll ihnen entgegen.

Und jetzt – jetzt wieder aus nächster Nähe das leise Stöhnen.

Mackentun hatte den Detektiv rücksichtslos beiseite gedrängt und stand nun mit hocherhobener Lampe in dem geheimen Gelaß, das vielleicht drei Meter im Quadrat maß und in dem eine ganz behagliche Wärme herrschte, die einem Petroleumofen zu verdanken war, der in einer Ecke brannte. Den Boden bedeckte ein alter Teppich. An der rechten Wand stand ein Regal mit vielen Flaschen, Büchsen und Kästen, auch eine Petroleumlampe und eine Wasserschüssel nebst Wasserkanne. Gegenüber aber, halb hineingedrückt in das geheime Gemach, war ein aus Kistenbrettern roh zusammengenageltes, niedriges Ruhebett aufgestellt. Und darauf ruhte, eingehüllt in Decken, eine menschliche Gestalt, von der nur das Gesicht zu sehen war.

Beinahe taumelnd schritt Mackentun vorwärts. Eine wilde Angst schnürte ihm die Brust zusammen. Ein Schrei, wild, gellend, ertönte:

„Melitta – Melitta –!"

Fritz Schaper sprang zu, sonst wäre die Lampe am Boden zerschellt. Noch im letzten Augenblick hatte er sie glücklich zu fassen bekommen.

Ernst Mackentun aber lag vor dem harten Ruhebett auf den Knien und schluchzte wie ein Kind. Tränen der Freude waren's, höchster Seligkeit. Denn Melitta lebte. Wie in ungläubigem Staunen starrte sie ihren Verlobten an. Erst allmählich schien sie zu begreifen. Ihre Lippen bewegten sich, vermochten jedoch nur einen undeutlichen Laut zu formen.

„Nehmen Sie Ihrer Braut den Knebel aus dem Munde," mahnte Schaper leise, da er merkte, daß Mackentun viel zu kopflos war, um an das Nächstliegendste zu denken.

Der junge Gutsbesitzer gehorchte.

„Ernst – der Doktor," Melitta hatte sich aufzurichten versucht, sank aber sofort wieder zurück.

Der Detektiv sah ein, daß er hier selbst zugreifen müsse. Vorsichtig entfernte er die Decken, unter denen das junge Mädchen, wie sich jetzt herausstellte, an Armen und Beinen gefesselt, lag. Schapers Taschenmesser trennte die breiten Riemen, die die Ärmste an dem Holzgestell festhielten und ihr kaum eine Bewegung gestatteten, mit schnellen Schnitten auseinander und richtete Melitta zu sitzender Stellung auf. Sie war noch genau so angezogen, wie sie das Haus ihrer Verwandten verlassen hatte. Nur ihr Hut mit der abstehenden Straußenfeder lag neben dem Petroleumofen in der andern Ecke.

Es dauerte eine geraume Weile, bis sie sich soweit erholt hatte, um angeben zu können, wie sie in diese furchtbare Lage geraten war. An Mackentuns Brust gelehnt, der sie liebevoll umschlungen hielt, berichtete sie stockend und oft mit den aufsteigenden Tränen kämpfend, ihre Erlebnisse.

Sie war kurz vor halb fünf vom Hause fortgegangen und dann auf dem Feldweg gegenüber der Brauer-Burg von Timpsear angerufen worden, der sie bat, sie möchte doch für einen Augenblick bei ihm eintreten und ihm die Adresse zu dem Briefe schreiben, dem er ihr vormittags diktiert habe, da er seiner kranken Hand wegen damit nun doch nicht zustande käme. Er wolle inzwischen achtgeben, daß der Wagen nicht unbemerkt vorüberfahre. In ihrer Gutmütigkeit hatte sie ahnungslos seinem Wunsche entsprochen. Bereits im Hausflur änderte er aber sein Benehmen, zog sie mit Gewalt in das nächste Zimmer, stieß die sich energisch Wehrende zu Boden und drückte ihr ein mit einer süßlich riechenden Flüssigkeit getränktes Tuch auf das Gesicht, worauf sie in wenigen Sekunden das Bewußtsein verlor.

Als sie erwachte, fand sie sich ganz gefesselt in diesem so betäubend nach Kampfer duftendem Raume wieder, der nur durch den Petroleumofen erhellt war. Den Amerikaner hatte sie nicht mehr gesehen. Das erste Geräusch, das sie überhaupt hörte, waren die Schritte im Keller. Da hatte sie denn mit aller Macht versucht, einen Laut auszustoßen, ahnend, daß die Hilfe nahe sei.

Inzwischen war Schaper nicht untätig gewesen. Während Melitta mit häufigen Pausen ihre Leidensgeschichte erzählte, hatte er sich genau das kleine geheime Gemach betrachtet.

Als Mackentun der glücklich Geretteten die letzten Tränenspuren von den lieben Augen fortküßte, schritt er auf die dem Eingang gegenüberliegende Wand zu und bohrte mit der Feile in einem Loch eines der Ziegel herum. Was er vermutet hatte, fand er bestätigt. Es gab hier eine zweite geheime Tür, die in einen etwas kleineren Raum führte.

Schaper stieß sie vollends auf und trat in gebückter Haltung ein. Das, was er hier erblickte, veranlaßte ihn jedoch, schleunigst die Tür wieder bis auf einen schmalen Spalt zu schließen.

Auch in diesem Gelaß stand ein Regal, das voll mit Flaschen und Kästen war. Den meisten Platz aber nahm ein aus Brettern ungeschickt zusammengenagelter, gut zwei Meter breiter und ebenso langer Tisch ein, auf dem lang ausgestreckt drei menschliche Gestalten lagen.

Zögernd, von leisem Grauen geschüttelt, bewegte sich der Detektiv vorwärts, um besser sehen zu können.

Die mittlere Gestalt war ein junges Weib, das eine auffallende Ähnlichkeit mit Melitta Winkler besaß. Bis zu den Armen hinauf war sie völlig mit seltsam gefärbten Leinenstreifen umwickelt, die den Eindruck uralten Gewebes machten und mit eigenartigen Bildern von Tieren in rötlicher Farbe verziert waren. Nur die Schultern und von den über der Brust gekreuzten Armen die Hände lagen frei. Die Augen, die von den Lidern fast bedeckt wurden, waren mit feinen, goldenen Strichen untermalt, ebenso wie sich auch die Fingernägel von einer Goldschicht bedeckt zeigten. Das dunkle, volle Haar hielt ein kupferner Reif turbanartig hoch und ließ die edelgeformte Stirn deutlich hervortreten.

Das Weib sah aus, als ob es schliefe. Nichts von ungesunder Leichenfarbe war im Gesicht oder an den Händen zu entdecken. Eine zarte Röte schimmerte aus dem leicht gelblichen Teint der Wangen, und rosig gefärbt waren auch die Ohrmuscheln, über die sich einige Löckchen ringelten.

Die beiden anderen Körper rechts und links dieses merkwürdigen Leichnams hatte man ähnlich hergerichtet. Sie gehörten jedoch dem männlichen Geschlechte an, und ihre bärtigen Gesichter besaßen nicht jene natürliche Lebensfarbe, sondern sahen bräunlich verfärbt, wie zusammengetrocknet aus.

Wie ein Blitz kam dem Detektiv jetzt endlich die ganze furchtbare Wahrheit zum Bewußtsein. Die drei Gestalten, die er hier vor sich hatte, waren – Mumien, die der Amerikaner mit Hilfe chemischer Mittel aus den Leichen präpariert hatte. Und das Mädchen mit dem kupfernen Haarreif war fraglos die verschwundene Emma Markwart.

Fritz Schaper, der gewiß über gesunde Nerven verfügte, erfaßte ein Schwindel. Welches Ungeheuer war dieser Timpsear, der sicherlich auch Melitta Winkler hingemordet und für seine Künste benutzt haben würde.

Plötzlich fuhr er herum. In der geheimen Tür stand Ernst Mackentun.

Schweigend winkte der Detektiv ihn heran.

Der junge Gutsbesitzer sah auf die drei Gestalten, seine Arme erhoben sich wie im Krampf. „Was – was bedeutet das?“ stotterte er entsetzt und wich wieder bis zur Tür zurück

„Mumien!“ sagte Schaper leise „Timpsear ist ein Mumien-Fabrikant.“

Mackentuns Zähne rieben sich mit knirschendem Geräusche aneinander. Im Moment hatte er die Sachlage erfaßt, wußte er, welches Schicksal seiner geliebten Braut gedroht hatte.

„Bestie – Scheusal!“ zischte er.

Und dann zog er den Detektiv mit sich zurück in den vorderen Raum, wo Melitta noch immer auf dem harten Ruhebett saß.

Nochmals schaute sich Schaper suchend in dem Gelaß um. Sein Arm hob sich, wies in die Ecke zwischen dem Regal und der Wand. Dort ragte der Lauf einer Büchse hinter den Flaschen hervor.

Der Detektiv nahm sie in die Hand und streckte sie Mackentun entgegen.

„Eine Luftbüchse, amerikanisches Fabrikat. Ich habe also recht gehabt. Aus dieser Mündung sollte die Kugel Sie an jenem Abend treffen.“

Doch Mackentun zeigte kein Interesse für die gefährliche Waffe. Ihn drängte es, Melitta hinaus zu bringen aus diesen unheimlichen Räumen. Und daher sagte er nur:

„Kommen Sie – ich ersticke hier!“

Schaper legte die Büchse beiseite und schritt dem Brautpaar voran, das eng aneinandergeschmiegt ihm durch die Gewölbe und über die Treppe in den Oberstock folgte.

Nachdem Michalki die Hunde eingesperrt hatte, schlugen alle vier den Rückweg nach der Stadt ein. Der ehemalige Gemeindediener wollte auch nicht eine Minute mehr in dem alten Gebäude zubringen.

„Ich habe mich ja auch mit meiner Frau bei dem Briefträger Schulz, meinem Freunde, verabredet,“ sagte er und schloß sich den dreien an.

Als man die ersten Straßen der Stadt betrat, schlug die Kirchenuhr vom Markt her gerade viertel neun. Timpsear war man nicht begegnet. Ohne Zweifel saß er noch im ‚Goldenen Löwen‘.

12. Kapitel
Der Mumienmacher

Der Bürgermeister und Timpsear saßen am oberen Ende des Stammtisches und rauchten behaglich plaudernd ihre Zigarren, als Mackentun und Schaper eintraten.

Der Gutsbesitzer stellte Mattias ‚seinen Freund, Oberleutnant Meinhard,‘ vor. Die Hand, die ihm der Amerikaner zum Gruß entgegenstreckte, schien er zu übersehen. Im übrigen gab er sich ganz unbefangen, obwohl sein Inneres in einem Aufruhr war, wie er es nie zuvor gespürt hatte.

Man nahm nach der ersten Begrüßung wieder Platz. Schaper wählte seinen Stuhl so, daß er Timpsear gegenübersaß.

Sofort leitete dieser mit gut geheucheltem Mitgefühl die Unterhaltung durch eine den Umständen nach so naheliegende Frage ein:

„Sind Sie doch wieder nach der Stadt zurückgekehrt, Herr Mackentun? Oder waren Sie gar nicht in Waldhof? – Ich kann’s verstehen, daß die Sorge um Ihre liebe Braut Ihnen keine Ruhe läßt.“

Der Gutsbesitzer mußte mit aller Gewalt an sich halten, um dem Elenden nicht die geballte Faust ins heuchlerische Gesicht zu schlagen.

Einer Antwort wurde er jedoch enthoben. Schaper, der sich weit in seinen Stuhl zurückgelehnt hatte und seine rechte Hand wie zufällig unter dem Rock verborgen hielt, erwiderte statt seiner, indem er den Amerikaner scharf fixierte:

„Oh, Sie irren, mein Herr! Mein Freund hat nicht die geringste Veranlassung mehr, irgendwie seiner Verlobten wegen in Sorge zu sein.“

Timpsears Mienen versteinerten sich förmlich. Regungslos saß er eine Weile da. Offenbar überlegte er, was er von dieser Antwort halten solle.

Dann meinte er, unruhig Mackentuns Gesicht beobachtend, um dessen Mund ein grausames Lächeln spielte:

„Keine Veranlassung mehr? – Wie soll ich das verstehen?“

„Ich denke, dafür gibt’s nur eine Erklärung,“ sagte Schaper gleichgültig. Ihm bereitete es eine seltene Genugtuung, diese entmenschte Kreatur auf die Folter zu spannen.

Des Amerikaners Wangen verfärbten sich. Er witterte jetzt offenbar das drohende Verhängnis. Seine nervös auf der Tischdecke hin und her tastenden Finger ergriffen verlegen das offene Pfeffernäpfchen und drehten es wie spielend im Kreise.

„Und diese Erklärung wäre?“ fragte er dann gepreßt, während ihm schon die dicken Schweißperlen auf die Stirn traten.

„Daß Fräulein Winkler sich schon wieder bei ihren Verwandten in sicherer Obhut befindet,“ sagte der Detektiv schnell.

Timpsears bleiches Antlitz verzerrte sich zu einer widerlichen Grimasse.

„Sie – Sie halten uns zum Besten, Herr Oberleutnant,“ lallte er wie ein Trunkener.

„Ich bin ebenso wenig Oberleutnant wie Sie, Herr Doktor,“ meinte Schaper wie im Scherz. „Mein wahrer Beruf besteht darin, Verbrecher zu entlarven und dingfest zu machen. Ich bin Privatdetektiv und befinde mich zur Zeit als Beauftragter des Herrn Gutsbesitzers Mackentun hier, um den Mörder der Emma Markwart festzunehmen.“

Und zum äußeren Zeichen dafür, daß die Komödie nun ein Ende habe, nahm er das Monokel aus dem Auge, legte es vor sich auf den Tisch und – brachte gleichzeitig seine Hand zum Vorschein, deren Finger eine Mehrladepistole umspannten, die sich drohend auf den Amerikaner richtete.

Daß Timpsear jedenfalls nicht feige war, zeigte sein ferneres Benehmen.

Sein verzerrtes Gesicht verlor den Ausdruck von Angst und ohnmächtiger Wut. Wirklich, etwas wie ein Lächeln umspielte seine Lippen. Und mit weltmännischer Höflichkeit wandte er sich an Schaper, der jede Bewegung des Amerikaners argwöhnisch überwachte:

„Das ist mir sehr interessant! Also Detektiv sind Sie? Und den Mörder meiner früheren Wirtschafterin suchen Sie? – So – so!“

Schaper war einen Moment über diese unglaubliche Frechheit so betroffen, daß er nicht gleich die gebührende Antwort fand. Dann aber sagte er in einem Ton, der unheilverkündend genug war:

„Wir haben die beiden geheimen Gelasse im Keller der Brauer-Burg entdeckt. Und was das für Sie bedeutet, werden Sie wohl wissen."

Jetzt lächelte Timpsear tatsächlich.

„Gewiß weiß ich das. Mein Spiel ist aus. Ich habe die Partie verloren, weil ich einen falschen Schachzug machte –".

Mit starrem Staunen saßen die drei Herren da und blickten unverwandt auf den Mann, der mit solcher Gelassenheit diesen Vorwurf behandelte, der ihn Kopf und Kragen kosten mußte. Am verblüfftesten war der Bürgermeister, der erst allmählich gemerkt hatte, welches Drama sich hier abspielte.

Schaper hielt es für das Richtigste, auf den Ton des Amerikaners einzugehen. Und so fragte er denn ganz sachlich:

„Welchen Schachzug meinen Sie?"

„Ich hätte mir sagen müssen, daß Herr Mackentun den Vorfall mit der zerschossenen Peitsche nicht auf sich beruhen lassen würde und ihn daher um jeden Preis noch an demselben Abend durch eine zweite Kugel unschädlich machen müssen. Daß ich es nicht tat, war eine große Unvorsichtigkeit von mir. Ich hoffte eben, Herr Mackentun würde nicht scharfsichtig genug sein, um sich das Richtige zusammenzureimen."

Bürgermeister Mattias, der noch immer dicht neben Timpsear saß, stand jetzt auf und nahm an der Seite des Detektivs Platz. Diese Nachbarschaft vertrug er nicht mehr.

Der Amerikaner verzog den Mund zu einem häßlichen Grinsen.

„Die Ratten verlassen das sinkende Schiff! – Trotzdem haben wir uns immer recht gut unterhalten, Herr Bürgermeister, nicht wahr?"

Mattias blickte nicht auf. Ein würgendes Gefühl des Ekels stieg ihm in der Kehle hoch. – Wie dieser Mensch sie doch alle getäuscht hatte! Niemand hätte in ihm einen Verbrecher vermutet, niemand.

Schaper wollte diese unangenehme Situation schnell beenden.

„Den sogenannten Abschiedsbrief haben Sie selbst heute nachmittag auf den Tisch bei Braumillers gelegt, nachdem Sie den oberen Teil des Blattes abgeschnitten hatten?" fragte er, um sich über diesen Punkt Gewißheit zu verschaffen.

Timpsear nickte nur.

„Und Sie geben auch zu, die Emma Markwart ermordet zu haben?"

„Nein, das gebe ich nicht zu. Ich habe sie nicht ermordet, sondern einem wissenschaftlichen Experiment geopfert," sagte Timpsear mit einem gewissen Stolz. „Wenn Sie den Körper des Mädchens gesehen haben, wird Ihnen doch fraglos die frische, natürliche Lebensfarbe der Mumie, zu der ich ihn präparierte, aufgefallen sein. Das zu erreichen, war nicht leicht."

„Trotzdem bleibt die Tatsache bestehen, daß Sie ein Mörder sind," stieß Schaper erregt hervor, der diesem kalten Zynismus gegenüber jetzt doch die Geduld verlor.

„Nennen Sie's wie Sie wollen. Jedenfalls bedauere ich nur eins, daß Melitta nicht zu dem geworden ist, wozu ich sie bestimmt hatte – zur Königin Semenostris; der Tochter des Königs Mereure aus der sechsten Dynastie."

„Lassen Sie Ihre Scherze. Die sind hier wahrhaftig schlecht angebracht – sehr schlecht!" schrie der Detektiv mit zornsprühenden Augen. – „Herr Bürgermeister," wandte er sich an diesen, „bitte sorgen Sie dafür, daß dieser Mann sofort in sicheren Gewahrsam gebracht wird!"

Mattias wollte sich erheben, um die Stadtpolizisten herbeirufen zu lassen, aber eine fast gebieterische Handbewegung Timpsears bannte ihn auf seinen Platz.

„Warten Sie noch einen Augenblick. Ich möchte nicht von Ihnen scheiden, bevor Sie alles wissen," sagte er ruhig. „Mein Landsmann, der Millionär Gould, sucht seit langem für sein Privatmuseum eine Tophar-Mumie. Seitdem er nun gehört hat, daß die ägyptische Königin

Semenostris sich der Tophar-Zeremonie unterzogen hatte, bietet er demjenigen eine halbe Million Dollar, der ihm die Mumie der jungfräulichen Königin beschaffen würde. Da keiner von Ihnen mit der altägyptischen Kulturgeschichte genügend vertraut sein dürfte, will ich Ihnen erklären, was es mit dieser Tophar-Zeremonie auf sich hat.“

Schweigend hörten die drei die wissenschaftlichen Ausführungen mit an.

„Nachdem ich nun drüben in Amerika vergeblich nach einem Mädchen gesucht hatte,“ fuhr Timpsear fort, „dessen Äußeres der eigenartigen Schönheit der Semenostris entsprach, kam ich nach Deutschland, nach Berlin. Hier traf ich Emma Markwart. Sie schien mir für mein Vorhaben geeignet. Nur ihre plumpen Hände und die im ganzen zu robuste Gestalt störten mich. Der Zufall führte mir da ein besseres Objekt in den Weg – Melitta Winkler. Das weitere werden Sie sich selbst zusammenreimen können.“

Mackentun war aufgesprungen, wollte sich auf Timpsear stürzen, um dessen Lippen ein höhnisches Lächeln lag. Aber der Bürgermeister drängte ihn zurück.

„Überlassen Sie es der Justiz, diesen Elenden zu richten,“ mahnte er streng.

Der junge Gutsbesitzer schäumte vor Wut.

„Schurke, Schuft – lebend wolltest du die zur Mumie verwandeln, die mein Glück, meine Seligkeit ist!“ brüllte er. „Geben Sie mich frei, Mattias, ich muß ihm an die Kehle, muß –“

Während die beiden förmlich miteinander rangen, hatte Schaper den Amerikaner einen Moment nicht beachtet. Blitzschnell hatte dieser den Brillanten in seinem Ring zur Seite geschoben. Aus der unter dem Stein befindlichen Öffnung rollte ihm ein weißes Kügelchen in die Hand, das er triumphierend zum Munde führte.

Schaper sah es, sprang hinzu.

Zu spät. Schon hatte Timpsear die kleine Kugel verschluckt.

Schweigend starrten die drei Herren ihn an.

„Ich werde die Justiz nicht mehr belästigen,“ preßte der Amerikaner, stoßweise Atem holend, hervor.

Totenstille herrschte im Zimmer. Matt sank Timpsears Kopf nach vorwärts. Noch einmal richtete er sich auf.

„Werden Sie glücklich mit Ihrer Braut, Mackentun,“ hauchte er.

Dann war alles vorüber.